座右のゲーテ

壁に突き当たったとき開く本

齋藤孝

光文社新書

まえがき

ゲーテは、私が知りうるかぎり、人類最高レベルの資質を持った人間である。稀代《きだい》のベストセラー作家でありながら、詩人でもあり、いっぽうで古代からの芸術にも造詣《ぞうけい》が深かった。脚本を書くだけではなく、演出もし、自ら劇場の設計もした。それに加えて、科学者として最先端の研究をし、政治家としても忙殺され、国王の相談相手でもあった。

一つの分野だけでも超一流なのに、何役も同時並行して極めた。生涯、情熱的な恋愛を重ねながら、八十二歳で没するまで現役として活動し続けた。

まさにゲーテは、一人の人間が生まれて死ぬまでの間にどれだけ自己を豊かにさせることができるかという点において、限界に近いレベルまで達した人物であった。過剰なエネルギーを発散し、それを昇華し、なおかつバランスを持った社会人として生きたゲーテは、精神的人間としての一つの到達点である。

いまや完全にゲーテの魅力に取り憑《つ》かれた私も、ゲーテの「よさ」に初めて気づいたのは三十代になってのことだった。私は、研究者として歩み始めた二十代のころ、本質的なものを求めるあまり、抽象的思考に嵌《はま》り込んでしまい、身動きがとれない状況に陥《おちい》っていた。すべての人に求められたいと願ういっぽう、現実には誰からも求められずイライラしていた。

そういう精神的にどん底のとき、ゲーテの言葉が目に飛び込んできた。「人間が自分に与えることのできるもっともおどろくべき教養は、他の人たちは自分のことなど求めてはいない、という確信である」、まさに私のことだった。

学生時代、教養として、ゲーテにはある程度親しんでいた。ところが、三十歳を過ぎて、専門分野ではもちろん、世の中に対して自分が出ていかねばならないと思い始めていたとき、読み返した『ゲーテとの対話』は、教養として読んでいた当時とはまったく違った読み物だった。私は、夢中でゲーテの一言一言に線を引いていた。

なぜ私がそのとき途轍《とてつ》もなくこの本に惹《ひ》かれてしまったのか。それは、「日付を入れておけ」「小さな対象から始めろ」といった、具体的行動の工夫を開陳してくれていたからである。『ゲーテとの対話』は、若き学徒であったエッカーマンが晩年のゲーテに接した九年間のメモをもとに、ゲーテとの会話を書き綴《つづ》ったものだ。話題は森《しん》羅万象《らばんしょう》にわたっているのだが、その本質は、「上達論」である。

しかも、ゲーテはけっして抽象的な議論で終わらない。具体的に行動したいという目標がありながら、その方法に悩んでいた私に語りかけてくれているようだった。

もちろん時代は違い、置かれている状況も違うのだが、その一言一言に私は感銘を受けた。そしてまるでゲーテに後押しされる形で、具体的に世の中に関わっていくことを始めだしてから、私の環境はまったく変わっていった。

私は『ゲーテとの対話』に二度目に出会ったことによって、根本から発想転換することができた。「具体的かつ本質的」というゾーンに向けて、自分のすべてを収斂《しゅうれん》させる方法をゲーテは教えてくれた。

教養主義が廃《すた》れて久しい。今では教養とは何かという問い自体が成立しなくなってしまった。刹那《せつな》的に楽しむ方法しか知らない者が多くなっている。しかし、それでは精神が痩《や》せ細ってしまう。

そもそも知とは、古代ギリシャの時代から、人生を豊かにするはずのものであった。その最高峰に達したのがゲーテであった。ゲーテ以降、知が専門化、細分化されてしまったが、それとともに、知が本来もつ豊かさが失われてしまった。もちろん先端の知の追求は必要なことだが、それに到達するための「技法」こそがいま必要ではないだろうか。

本書では『ゲーテとの対話』を軸に、現在を生きるわれわれにも有益と思われるゲーテの言葉を選び、それを「発想の技法」といった観点から編《あ》んだ。

ゲーテを座右に置く。それは親しくゲーテと対話することだ。自分の立ち位置がわからなくなったとき、何か壁に突き当たったとき、本書を開いてほしい。何かのヒントがきっと見つかるはずだ。

二〇〇四年四月

齋藤 孝

ゲーテの言葉は、『ゲーテとの対話（上・中・下）』（エッカーマン著／山下肇訳／岩波文庫）、『ゲーテ全集13』（小岸昭、芦津丈夫、岩崎英二郎、関楠生訳／潮出版社）を原本とした。

目次

I　集中する

1　小さな対象だけを扱う

一番よいのは、対象を十か十二くらいの小さな個々の詩にわけて描くことだろうね。（中略）こんな風にこまぎれにわけていけば、仕事は楽になるし、対象のさまざまな面の特徴をずっとよく表現できるね。その逆に、大きな全体をまるごと包括《ほうかつ》的につかもうとすると、必ず厄介《やっかい》なことになって、完ぺきなものなんて、まず出来っこないさ。

エネルギーをうまく使うコツ

ゲーテが示唆《しさ》していることは、エネルギーをうまく使うコツである。考えていることのスケールは人並み外れて立派でも、気ばかり大きくて現実の仕事はいっこうに進まないのではまずい。実は私自身もこうした状態に陥ったことがある。そのため、この言葉には非常に納得させられる。

私の場合、受験勉強がまさにこうだった。受験するからには勉強しなくてはいけない。しかし勉強はキライだ。そんな私がどうしたかというと、「なぜ勉強しなければいけないのか」についての哲学的な思索《しさく》を始めてしまったのだ。

その思惟《しい》に膨大なエネルギーを費《つい》やした結果、私は疲れ、受験にも失敗してしまった。今思えば、その分問題集をやっておけばよかったというのが正直なところだ。

つまり受験という対象に向かって問題を細分化して考えれば、解決策はもっとシンプルだったはずである。

「国語はわりに好きだ」「英語もキライではない」と各個撃破的に小さな単位に分けてやれば、壮大な目的意識を持たなくても、受験を突破するための動機づけには十分だったはずである。

私は、二年近く修士論文を一字も書けなかったという経験もしている。これもまた、人類史を覆《くつがえ》すような思想をつくりたいという泥沼に嵌りこんでしまい、空回りしたままどうにもならなくなってしまったためだ。

考えてみれば、もとになっている大きなイメージをいくつかの段階に分けて、たとえば二～三カ月ごとに三十枚程度の論文として仕上げるようにしていけば、無理なく完成に向かったはずなのである。痛い思い出だ。

ゲーテもこう嘆いている。

「大作は用心した方がいいね！　いやまったく、どんなすぐれた人たちでも、大家の才能をもち、この上なしの立派な努力を重ねる人たちこそ、大作で苦労する。私もそれで苦労したし、どんなマイナスを経験したか、よくわかっている。そのおかげで、なんともまあ何もかもが水泡に帰しちまったことか！　私がまともにできるだけのことをちゃんとみなやっていたとしたら、そりゃ、百巻でも足りないくらいになっただろうよ」

扱う対象を小さく区切る

そのように、考えているだけで一歩も前に進まないときは、まずは扱う対象を小さく区切っていくことが肝心だ。そうしたやり方に熟練してきたら、少しずつ大きな目標へと広げていくといいだろう。

実は絵を描く作業も、こうした取り組みに非常に近いらしい。たとえば、人物が大勢入り乱れているような大作をいきなり描こうとしても、まとまりがつかないものだ。どんな大家でも、人物のバランスや構図の取り方を小さな習作で訓練し、そのプロセスを経て大きなものへと挑戦している。

仕事や技術についてもこれと同様、絞り込みがコツである。ゲーテ自身が「一番よいのは、対象を十か十二くらいの小さな個々の詩にわけて描くことだろうね」と言っているように、まずはテーマを小分けにし、それから一つ一つを絞り込んでいく。すると、レーザー光線のようにエネルギーを一点に集中させることができる。

この技を使えば誰でもかなりいい仕事ができるはずである。難しい技術でなくてもいいから、何か一つについて熟達してみることだ。胸を張ってアピールできるものを持ち、信用を得ながら次のステップへ行く。これが自分にとっても他者にとってもプラスになる。

小さな達成を大きな成果へつなげる

少し余談になるが、マンガ『ゴルゴ13』の「死闘ダイヤ・カット・ダイヤ」という回の話をしておきたい。ちなみにこれは、著者のさいとう・たかを自身がマイベストの一作に挙げるくらいの傑作である。

一般にダイヤモンドは、ダイヤモンドでしか加工できない、地球上でいちばん硬い鉱物だと言われている。それほど強度の高いものなのに、実はどんなダイヤモンドにも一箇所もろいところがあって、その一点めがけてノミで杭を打ち込むと簡単に砕け散る。ゴルゴはそのポイントはどこかを知るために、ダイヤモンドのカット職人に実際に大きなダイヤモンドを割らせてみせる。そうしてコツをつかんだゴルゴは、最後、本当に狙いにしている最高級ダイヤを粉々にすることに成功する。

要するに、急所の一点に全精力を傾注すればダイヤも砕ける。現在自分が持っている力でハイレベルのものと勝負するときは、対象を小さく切り分けて考え、ポイントごとに自分の全精力をつぎ込んでいくようにするのがコツだ。

このやり方は、小さな達成一つ一つを積み上げて大きな成果へつなげるという好循環を生み出すだけでなく、そのつど次は何をすればいいかというステップも自然に見えてくるのがすばらしい。

もっとも、思想や意識のスケールそのものが小さくまとまってしまうとつまらない。思索のスケールは大きく持ち、集中する対象は絞り込んでいくという技を身につけたい。

2　自分を限定する

結局、最も偉大な技術とは、自分を限定し、他から隔離《かくり》するものをいうのだ。

自分の得意なことだけを表現する

ゲーテは、自分の得意なこと、専門的なことを限定することによってパワーを生み出すことができると考えていた。それはたとえば、ゲーテとエッカーマンのこんなやりとりにも見ることができる。

エッカーマンは、「(スイス旅行中のゲーテが) 万象に関心をもち、あらゆるものを把握しているのが嬉しい」と言うのだが、それに対してゲーテは、「しかしね、音楽のことには一言もふれていないだろう」と答える。

「それは、音楽は私の領分ではないからなのだ。誰でも旅行をするについては、何を見るべきか、何が自分に大切か、を知っていなければいけない」

音楽にも造詣が深かったゲーテだが、自分の専門ではないと思うとすっぱり切り捨てる見切りのよさがある。

また、表現するにあたっては、ゲーテはドイツ語でしか書いていない。エッカーマンは、ゲーテのこの点を非常に評価している。実はゲーテは英語でシェークスピアを読み、フランス語やイタリア語の翻訳もした人である。当時ドイツ語はあまり洗練されておらず、ルターやゲーテが現代のドイツ語をつくったようなものだと言われている。それほど外国語が堪能《たんのう》であっても、書く上ではゲーテは母国語にこだわった。物事を広く膨大に吸収はしたが、表現手段は絞り込んでいたわけだ。

ゲーテの教えを受けて、エッカーマンも、「そもそも、洞察と活動とは、しっかり区別されなければいけない」と言っている。

「ゲーテにしても、つとめて多面的な洞察を得ようと努めたが、活動面では、ただ一つのことに自分を限定した。（中略）すなわち、ドイツ語で書くという技術である」とまとめているほどだ。

これが、ゲーテの言う「最も偉大な技術とは、自分を限定し、他から隔離するものをいうのだ」という指摘につながっていく。

専門バカにならないために

では、自分を限定するとはどういうことなのか。わかりやすい例を挙げてみよう。おそらく周囲を見渡せば、毎年春なり秋なりに、英語のレッスンをスタートさせる季節が巡《めぐ》ってくる人が一人や二人いるはずである。挑戦と挫折を五年も十年も続けているそういった人々の姿を見ていると、私は、彼らには「そもそも英語は自分が使える技術にはならないのではないか」という見極めが必要だと思えてならない。

英語を使って仕事をするとなると、活動、表現面の中心は英語になる。たとえば、英語で契約書を書くとなると、かなりハードルが高い。だが、ペーパーバックをすら読む、映画を字幕なしに見る程度の、洞察、吸収面で英語を使いたいというなら、気まぐれな英語のレッスンも、かなり気楽な楽しみになるだろう。吸収のフィールドが広がるという意味でもメリットは大きい。この場合、楽しみのための英語でいいのだという限定をすることで、学ぶ対象がぐっと絞り込まれることになる。

この限定の技術における悪い見本は、いわゆる専門バカになってしまうことである。言ってみれば、歴史学者が自分の研究しているほんの一部の時代にしか精通しておらず、他は浅い知識すらないというような場合だ。表現する対象は、狭くても深ければ問題はないが、吸収の対象までを狭めてしまうのは愚《おろ》かなことだ。そうしたことは、活動、表現面と吸収面を区別していないために起こる。

詰まるところ、自分が本当に使いこなせる技術、つまり活動面で他者に対しても通用する技術を何か確立すべきである。しかもその技は、他の人と決定的に違うレベルに達していなければならない。そのいっぽうで、吸収面は幅広く目を開いていくべきだとゲーテは言う。

豆腐屋だから豆腐しか作れない

ゲーテが勧めているのは、自分がものにする技術はどこまでも高め、それを表現したり活用する場は集約させていくということである。私は、これは真理だと思う。

たとえば、映画監督の黒澤明は、優れた脚本家でもあり、画家を目指してもよかったのではないかと思わせるほどのすばらしい絵コンテを描く。だが結局、黒澤は脚本を書く才能を小説に生かすことはなかったし、絵の才能は映画の絵コンテという形に集約させた。つまり彼の場合は、表現手段を映画という一つに絞り、そこにすべてをつぎ込んだのである。さらに彼は好んで、ドストエフスキーなどの名著を読み漁《あさ》り、ゴッホなどの歴史的な絵画に積極的に触れていた。そうして蓄えた膨大な知識を、映画に生かしているのがわかる。

小津安二郎監督も、小津映画と言われれば、あのおっとりしたセリフまわしや演技の間合い、固定カメラでのローアングルからのカメラワークなど、独特のスタイルが思い出される。ある意味、狭い表現者であった。内容だけでなく、タイトルまで似ている。「晩春」と「早春」、「麦秋」と「秋日和」など、ファンじゃなければ混乱しそうな徹底ぶりが見事だ。

しかし本人はハリウッド映画が大好きで、戦時中でさえハリウッド映画を片っ端から見ていたそうである。だがいざ自分で表現するとなれば、およそ似たようなテーマやストーリーで繰り返し撮り続けた。彼自身、「俺は豆腐屋だから豆腐しか作れない」と言っているように、そうした小津的なものを貫いたから〝世界の小津〟と呼ばれるまでになったのだ。

実は彼ほどの知性と技術があれば、他のスタイルでもかなりのレベルの映画を撮れたはずである。だが彼は、意識的に自分の技術を限定していった。するともう、カメラアングルもシナリオも、あのスタイルにおいて小津を超えることはほぼ不可能になってくる。小さく限定したことが、歴史に残る大きな仕事へと昇華したわけである。

「才能のある人間は、他人《ひと》がやっているのを見ると、自分にもできると思いこむものだが、じつはそうではない」

とゲーテが言うように、才能のある人ほど、表現手段においてもあれこれできると思ってしまう。芸人から映画監督になった北野武のように、実際にできている人もいないわけではないが、その人の中に埋まっている才能が巨大でないのなら、あれこれ手を出さないほうがいい。「表現手段はミニマムに、吸収の器はマキシマムに」でいくことだ。

芥川龍之介も限定によって名を成した一人だ。彼はいまだに老若男女を問わず、それこそ小学生にまで広く親しまれている作家だが、もし短編というスタイルを捨て、大作と呼ばれるものに臨《のぞ》んでいたら、芥川のよさは消えてしまっていたかもしれない。彼は大作家と言われることを目標にしたのではなく、自らの才能、気力、エネルギーのすべてを、精巧な短編小説を書くことだけにつぎ込んだために、日本文学における金字塔をうち立てることができたのだ。

3　実際に応用したものしか残らない

いろいろ研究してみたところで、結局実際に応用したものしか、頭にのこらないからな。

勉強のための勉強はムダ

シンプルだが、まったくその通りだと私も思う。

この言葉を受けて、「古代史や近代史を聴講しましたが、今ではもう一言もおぼえておりません。しかし、いま劇化でもするつもりである時代の歴史を研究したら、その研究はきっといつまでも自分の身についたものになったでしょうね」と言うエッカーマンの発言もいい。

この引用文を読むと、「ある事柄を勉強し、その上で応用してみたから身についた」

というふうに受け取るかもしれない。確かに、机上《きじょう》で学んだことは、実践したときに初めて「ああ、こういうことか」という実感を伴ってわかることはある。だが現実には、それで身についたというのは正確ではない。

ゲーテによれば、何かを勉強する場合、やみくもに試してみたところで身につかない。「よし、これを仕事にしよう」と実際的に考えて覚えようとしたときにやっとものになる。「これをやるんだ」という気構えが前提になければ無駄だというわけだ。少なくともエッカーマンはそのつもりで聞いている。最初から劇にするつもりで取り組んでいたら、古代史も近代史ももっと自分の中に残っているはずなのに、と残念がっている。

ゲーテには、常に学びを作品化するという頭がある。逆に言えば、作品にする、仕事にするという意志抜きの勉強などしない。それが身につけるコツだと言う。

明確な意識で取り組むと、勉強するときの積極性や目のつけどころが違ってくる。何かを仕上げようと思って聞いたり見たりしている人は、「これを絶対ものにするんだ」という咀嚼《そしゃく》機能を持って食べているようなものだ。自分がやろうとしている物事に引きつけて理解していけば、どんなものも栄養になっていく。

勉強会やセミナーに積極的に参加しても、自分で何か差し迫った課題を持っていなければ、ほとんどプラスにはならない。それは言ってみれば、勉強のための勉強だからだ。いろいろと勉強してみても、「いつかまとめてみよう」と鷹揚《おうよう》に構えていては、おそらく生涯、その勉強は終わらないし、まとまらない。取り組む課題を決めたら、それに沿って無理矢理にでも応用してみることである。

なぜプレゼントに失敗するのか

たとえば、私はまったく料理ができない。外食しても、残るのはおいしかったかまずかったかの感想だけだ。レバニラ炒めはAという店よりBという店がおいしい、という程度の知識は得られるが、それがすべてである。何にもならないどころか、舌が肥《こ》えてしまった分、もうAという店には行きたくなくなってしまい、かえって不自由だ。

ところが、料理ができる人であれば、Bという店に行って食べたときに、よりおいしいレバニラ炒めのコツをつかむことができる。もしそれまでレバニラ炒めを食べたことがないとしても、店で食べた瞬間に、作る手順や味付けに必要なものまで把握できるはずだ。要するに、自分でつくるのだという意識を持って食べているから、ポイントが瞬時に身につくのである。

また、私の場合は、人の家のインテリアにしても、女性のファッションにしても、課題意識がまるでない。最近私は、女優さんなどにも直接お目にかかる機会があるが、家人から「どうだった?」と聞かれても、人物はともかくファッションについてはまったく覚えていなかったりする。

多くの男性は女性へのプレゼント選びが下手、もしくは苦手だと思うが、それもこの学びの応用意識のなさが原因である。

普段から、彼女に何かを贈ろうと思って観察しておけば、それほど的は外さないはずである。しかし、自分の恋人や妻がピアスをしているのかイヤリングなのかさえわかっていない男性もいるだろう。

こんな日常のささいな場面においても、常に実践的に学びを生かそうという心構えを持って取り組んでいるか否かで差が出る。おそらく、「私のことをわかってくれる優しい人」と「気の利かないセンスのない人」というように分類され、モテ方までが違ってくるということを念頭においておきたい。

4　日付を書いておく

どの詩の下にも、いつ作ったかという日付を書いておくことだね。そうしておけば、それがまた同時に君の心の状態の日記として役立つことになる。これは馬鹿にならないことなのだ。私は何年も前からそうしてきているから、その重要さがよくわかっているのだ。

本の書き込みにも日付を入れておく

普通の大人は日々に忙殺され、たとえば日記のような形で自分についての記録を取っておく時間は、なかなかないと思う。また、やろうとしても持続はむずかしい。それに対し、ゲーテは、自分が行動し走り去っていくプロセスに日付を入れておくよう勧めている。

私自身も読んだ本の欄外に日付を入れてしまうことがあるのだが、こうした書き込みはそのまま生きた記録になっていく。また、三色ボールペンで気になった箇所に線を引くのはもう習い性《しょう》だ。そのときに日付を入れておく。すると、本を捨てない限りその記録は残っている。後になってふと本を開いたときに、「ああ、この本を最初に読んだのは中学生のときか」「なんでこんな所に線を引いたんだろうか」など、自分の中での変化を感じ取ることができるわけだ。それが日付の面白さでもある。

また、拙著にサインを求められるときも、「サインの横に日付を入れてください」と言われることが非常に多い。サインだけでは、その人と私とが出会った瞬間を凍結することにならないからだ。名前は不変のものだが、日付はその人と私の人生が唯一クロスした証《あかし》となる。日付を添えることには、その一瞬を唯一無二のものとして実感させる効用がある。

人生は常に流れてしまうものだ。書類の裏や手帳の隅などに、アイディアや、思いついた一言などを書きつけておくことは、行動の記録となる。それ自身が新しい形態の日記と言うこともできるだろう。

ピカソはまさにそうしたタイプだったようである。ピカソ自身が、「これで自分の作品が完成した」と思った作品は一つもないと言われている。一日に二つも三つも描いていていたから、習作の感覚に近かったのかもしれない。しかし、未完だと思っていても絵の隅にサインを入れておくのを忘れなかった。プロセスだが作品でもある。それはたとえてみれば碁盤に一つ一つ碁石を置いていくようなものだ。あとから俯瞰《ふかん》したときに、何をやってきたかを一目で見て取ることができる。

仕事とは別に自分の行動を時系列できちんと記録し、整理する余裕があればそれでかまわないが、私はこの裏書き方式を習慣づけるだけで十分だと思う。

去年の手帳も持ち歩く

実は私は、手帳は捨てない主義だ。だいたい去年の手帳は、今年のとセットにして持ち歩いている。去年の今頃は何をしていたかなどを確認できると、今年の今は何をすべきか予定も立てやすい。また、一年、二年という大きなタイムスパンが頭の中に常にあるので、次の三年間は何をするかなど、大きな枠で考えることができる。

また、プランやアイディアを手帳に書き込んでいるので、去年の手帳はその参考として必要になる。

さらに私は、手帳には人と出会う場所や時間だけでなく、会う人の名前や電話番号、さらにはどんなテーマの話をしたか、などもメモしておくようにしている。

記憶に残すという点で効果があるのは、「できごとの記念日化」である。『この味がいいね』と君が言ったから七月六日はサラダ記念日」（『サラダ記念日』俵万智著）ではないが、思い出深いできごとにそれにふさわしい名前をつけていくだけでも違うだろう。自分が何については記念日として考えたがり、何については食指《しょくし》を動かされないのか。記念日を羅列していくと、自分の偏愛傾向なども見えてくるに違いない。

5　完成まで胸にしまっておく

私の常として、すべてを静かに胸にしまって、完成されるまで誰にも知らせない。

自分の中にエネルギーをためる

いわゆる不言実行と、ゲーテが言うところのこの〝沈黙〟は少し意味が違っている。ゲーテは、人に思想やプランを話すことで、意欲が失われてしまうことを恐れた。沈黙したまま静かに自分の中でエネルギーが満ちるのを待ち、あふれんばかりにたまったときに一気に吐き出すと、いい仕事ができるというわけである。

もっとも、友人や同僚などに「こんなことを考えているのだが、どうだろう」と話をしながら物事を進めたいというのは、人間として普通の感覚だと思う。また、宣言することで自分にプレッシャーをかけるタイプの人もいるだろう。

しかしながら、何年も酒席を断り、「つきあいの悪いヤツだ、愛想のないヤツだ」と陰で囁《ささや》かれながら、あるとき、司法試験に通った、会社を起こした、文学新人賞を取って作家になったなど、周囲が驚くようなことを成し遂げてしまう人には、やはり一目《いちもく》置かずにはいられない。

私の知人にも一人思い当たる人物がいる。専門の翻訳家ではないのだが、途轍もなく厚い英語本の訳にコツコツ取り組んでいた。酒に誘われても断った。「いや、実はこんな本の翻訳をしていて都合が悪い」とは一言も言わない。帰ってひたすら訳していたそうだが、すべてが終わって本になったとき、周囲は納得し賞讃した。

そういった目標や成すべきことが生活の中にあると、毎日の張りにもなる。またそれが、心のサンクチュアリ（聖域）のように感じられて、浮き立つこともあると思う。とするなら、物事の完成までの〝沈黙〟は、エネルギーにとって、とても重要なことなのだ。

心の中に〈秘密の場所〉を持つ

フォレスト・カーター著『リトル・トリー』という本の中にも、ゲーテのこの主張と似た〈秘密の場所〉についての話がある。

この本は、もともとはチェロキー・インディアンの知恵や教えについて書かれたものだ。チェロキー族の祖父母は少年に、「誰もが自分にとって大切な、自分にフィットするエネルギーの場所を持っている。だが、それは人に言ってはいけない。秘かにその場所を一人で訪ね、エネルギーを得て帰ってくることだ」と言う。

たとえうちひしがれているときでも、そこに帰ってくれば息をふき返せるかのように感じる場所、母の子宮のような安楽地があると、人は強くなれる。

もう一つ、棟方志功《むなかたしこう》のエピソードを挙げておこう。棟方は二十二歳で絵描きになる夢を胸に上京してくるが、順風満帆《じゅんぷうまんぱん》なスタートではなかった。

知人の添書を持って洋画家で書家の中村不折《ふせつ》を訪ねたときも、応対に出た中村の妹に玄関払いされている。それが面白くなかった棟方は、気を落ち着けるために中村の邸内にある書道博物館に入った。とはいえ、どの書がいいともわからず、ただ眺めているだけである。

「そうしている内に室の薄暗い真中に、ぼうと、横たわっている石の像がありました。それがギリシア彫刻の女の臥像《がぞう》だったのです。首がなく腕もなく、足もなく、トルソーになっていましたが、これには驚嘆しました。そこに人が寝ているのです。まったく生きつづけている女の人が」（『板極道』棟方志功著）

棟方はその臥像のすばらしさに打ちのめされたのである。まるで彫刻に抱きすくめられたような思いだったという。

「『あなたは、青森から、東京によく来てくれました。絵の勉強というものは、人のことばや情では得られません。（中略）ことばは、わたくしにも出来ませんが、美は、生きつづけています。美しさは無言ですが、美しい世界をいつも知らせています』

そんな声が聞こえたようでした。静かな誰もいないところで、たった一人で、わたくしは、静かな雨の降っているときに、こうしてギリシアの女神像から教えを受けたのです。ありがたい。本当にありがたい。憧れていた二科は、なんともむなしかったし、さっき往来払いされたばかりのむしゃくしゃしてるわたくしではありましたが、そのわたくしを無言のギリシア女神像が愛してくれたのです。最大の慈愛をもって東京第一歩を迎えてくれました。そこで誓ったのです。この女神こそ、わたくしの先生だ。きっと帝展へ入選します。そしてこの彫刻の御身のもとへ哀しくなるとまいります。嬉しくなるとまいります。ご守護ください。——と、誓ったのでした」（同前）

その約四年後の昭和三年に、棟方は『雑園』で帝展へ入選し、一気に才能を開花させていく。

そのときに棟方はギリシャ女神に、「先生！　おかげさまで入選しました。ありがとうございました」とお礼を述べるのを忘れなかった。ギリシャ女神像に出会ったときの秘かな誓いが、棟方の心を常に奮い立たせる力になっていたに違いない。棟方は女神を心の〈秘密の場所〉においていたのだ。

自分のいちばん大切なものをみだりに話してしまうと、日常と地続きになってしまい、聖域という感覚は失われる。それに伴い、意欲も薄められてしまうものだ。

「胸にしまっておけ」とゲーテが言うのは、個々の思索の具体的プランをあれこれ話すべきではないというより、その人の魂にとって大事なことをむやみにしゃべるなという意味だろう。語らず心にしまっておくことで、エネルギーは満ちてくるものだ、と賢者たちは教えている。

6　実際的に考える

あれほどのすぐれた人が、その実なんの役にも立たない哲学的な思考方法に骨身をけずったことを思うと、悲しくなるよ。

抽象的思索はほどほどに

この「あれほどのすぐれた人」とは、ゲーテの親友の劇作家シラーのことだ。洋の東西を問わず、人には哲学や思索に憧れがある。深く考え、本質に近づくことをよしとする。

しかし、日本人が考える思索というものには、非常に抽象的なイメージがまとわりついている。思索とはあれこれ突き詰めていくことには違いないが、日本人は、そもそも頭の中で逡巡《しゅんじゅん》をすることだけが本質的思考だと思っているふしがある。

旧制高校が憧れの的だった時代には、教養の中心は西田幾多郎やカント哲学にあった。その西田の思索の中心は、「絶対矛盾的自己同一」というようなものだ。わかったようなわからないような、非常に抽象的な論理である。だが彼は日本の思想界をリードした人物なので、その影響力たるや計り知れない。結果、抽象的な思考こそ本質に近づけるという感覚がしみつき、日本人はその魔力にとらわれてしまった。

もちろん、青春の一時期を過ごすには、「存在と本質はどちらが優位か」というような抽象的な思考も大切なものだ。しかしながら、いつまでもそのような抽象論を続ける必要はないと私も思う。

ところが、シラーも、あれほどの知性や教養を持ちながら、それと同じ過ちを犯してしまった。すなわち、何の役にも立たない哲学的な思考にエネルギーを費やしてしまったことを、親友であるゲーテは嘆くのである。

ゲーテ自身は、極端に抽象に偏《かたよ》って考えることをしない。本質はとらえようとするが、それを具体的なものの上に見ようとするタイプである。

たとえば植物学や、光の研究にしても、ゲーテは、「そもそも植物とはなんぞや」

「光とはなんぞや」などとは考えない。具体的に、種から芽が出て葉が成長していく植物のメタモルフォーゼ（変態）を、自分でスケッチしたりする。頭の中で考えるのではなく、実際に体を動かして調べるのだ。つまり、現象そのものを直《じか》にとらえて、その中に生命の本質を見るというやり方をする。

そういう意味では、ゲーテはかなり理系的な精神を持った人間だ。実際の経験や観察を通して、目で見た現象からものの本質を知る「現象学」というものとゲーテの思索スタイルは非常に相性がいいのである。

具体的な思考から成果は生まれる

抽象的思考と対極にある人間としてゲーテが評価しているのは、おそらくシェークスピアだ。

シェークスピア劇を見ていると、人生の真理は突くけれども、体系的な哲学的思考方法を援用して心理を説明するようなことはない。登場人物の一人ひとりが人生の真理を冗談交じりに吐いていく。いわば、あちこちから花火が上がるように、劇が成り立っている。これは、観客にとってみればすごく楽しい。ところが、出来の悪い劇や文学作品というのは、ある思想を説明するために一人の人物を使ってしまう。登場人物の一人ひとりが生き生き動くのではなく、ある人物が作者の操《あやつ》り人形としてモノローグをしゃべる。いわば思想を言いたいがために文学作品をつくるという、本末転倒が起こるのである。そうした小説につきあうのは非常に退屈なものだ。

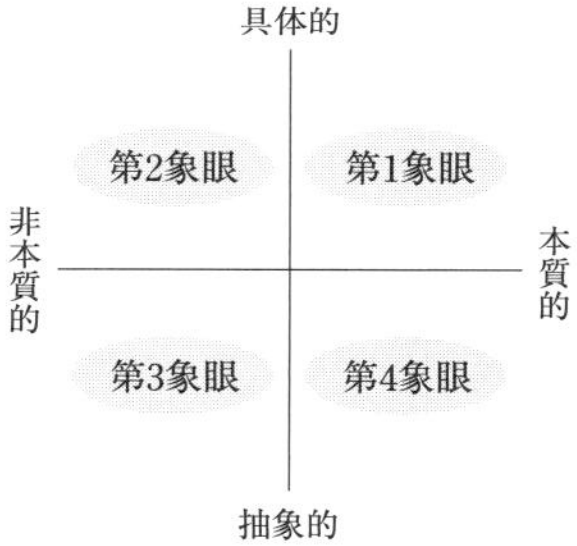

要するに、ゲーテが言うところの「実際的に考えよ」は、本質的なものを求めようとするあまり、抽象的になりがちな傾向を戒《いまし》めた言葉である。

拙著『質問力』の中でも、具体的と抽象的、本質的と非本質的で座標軸を立ててみたが（上図参照）、日本人は、本質を求めようとすると、具体性に欠ける第4象限に集まりやすい。この座標軸でいえば、具体的だが非本質的な第2象限は、いわゆる情報通のゾーンにあたる。また、第3象限の非本質的で抽象的となれば、思索はほとんど朦朧《もうろう》、混沌《こんとん》とした状態をなす。

ゲーテもシラーも本質を求めようとしている点では同じだ。だが、抽象的な思考から抜けないと、何かを生み出すことは不可能だとゲーテは言う。

ゲーテは、植物や光の研究にしても人物観察にしても、常に第1象限にいる。すなわち「具体的かつ本質的」である。

Ⅱ　吸収する

7　最高を知る

趣味というものは、中級品ではなく、最も優秀なものに接することによってのみつくられるからなのだ。だから、最高の作品しか君には見せない。君が、自分の趣味をちゃんと確立すれば、ほかのものを判定する尺度を持ったことになり、ほかのものを過大でなく、正当に評価するようになるだろう。

最高を知れば自然と批評眼が身につく

このゲーテの言葉に、私は非常に影響を受けた。

一般に私たちは、下から順に行くということをしがちである。たとえば勉強にしても、ひらがなをまずやって、それから漢字を勉強し、あれこれ大したことのない文を読んで、高校になってようやく夏目漱石や小林秀雄に挑戦するというように、低いレベルから入りたがる。もしくは、入らなくてはいけないと思い込んでいる。最初は易しいもの、わかりやすいものに触れ、段階を踏んで、最後の最後に最高レベルのものに接しようとするのが一般的傾向だ。

しかしゲーテは、中ぐらいのものをたくさん見たところで、ものを見る目は養われないと言っている。

その「最高を知れば、あとは自《おの》ずとわかるようになる」という発想を知ってから、私のものの見方、接し方がかなり変わった。

変わった一つが、クラシック音楽についての考え方だ。あるときまで私にとってクラシックは、退屈でつまらないものであった。どちらかというと「嫌いなもの」に分類していた。そんな私であっても、最高の曲やベストな演奏を聴けば、素直に気持ちに食い込んでくるとわかった。クラシック通でなくても、いちばんいいと言われているものは純粋に面白い。

クラシックの名曲は、音楽的には非常に高いレベルにある。バッハのような古典でも、現代の曲にアレンジするとまた新たな魅力が出てくる。ロックや歌謡曲もいいが、やはりクラシックは、完成度の高さにおいて圧巻である。私がクラシックが苦手だったのは、中途半端なものを聴いていたからである。最高峰がわかれば、あとはそこから相対的に位置づけていけばいい。思うに、このやり方はたいへん合理的だ。

時間をかけてだんだんと「いいもの」がわかってくるという方が、気持ちとしては盛り上がる。だが、最初から最高に触れよという発想には、ゲーテの合理性がよく表れている。

相場を知るための「古典」

センスを磨くために接すべきいちばんいいものとして、ゲーテは「古典」を挙げる。それによって自分の趣味を確立すれば、ものを判定するきちんとした尺度ができるというわけだ。

これをゲーテは言い替えて、「相場を知るのが大事だ」とも言っている。相場というのは、あまり品のいい表現ではないかもしれないが、要するに、基準があれば他のものを的確に評価できるということだ。「それぞれを評価するためには、相場を知らなければだめだ。文学といえども、同じことだ」とある。

たとえば、お金に関しては、私たちはどの紙幣の価値が高く、どれが安いかといった評価を間違えたりはしない。だが、文学などはどれほど時間を費やして研究しても、自分の中に基準を持つことは容易ではない。「そんなことをしていると、君のなにより貴重な時間が毎日何時間もフイになってしまう」とゲーテは忠告する。ゲーテ自身、シラーと一緒に文芸雑誌などにかかずらわっていたことを後悔しているほどだ。

ゲーテの中には、人生は有限という考え方がある。よって、「どうせ情熱を注《そそ》ぐのであれば、中ぐらいのものよりもいちばんいいものに注ぎたまえ」と言う。いちばんいいものによって尺度を確立することができれば、時間の空費を避けることができる。

たとえば、川端康成を基準にすれば、日本文学の一つの頂点がわかる。そこから他の作品の評価は推《お》し量れる。現代作家のものしか知らないと、それが最高だと思ってしまい、その周囲だけをグルグル回ることになる。それは人生の過ごし方としてかなり損ではないか。

音楽ならモーツァルトだ。余談だが、モーツァルトのある曲を聴くだけでＩＱが瞬間的に跳ね上がるというのは、世界最高の科学雑誌「ネイチャー」で発表された事実だ。他のクラシック曲ではダメらしい。恐るべし、モーツァルトである。

いずれにしても、モーツァルトならピアノ協奏曲が、ベートーベンなら中期、後期の弦楽四重奏曲がかなり完成度が高いことなどを知っていると、他のものは距離をおいて落ち着いて聴けるはずだ。最高のもの以外は、別の食べ物だとでも思って適当に接するくらいでいい。

ゲーテの面白いところは、あくまで質のよし悪しにこだわっているところだ。普通は、好き嫌いを尺度の観点にすることが多いだろう。最近は特に、美術や音楽もよし悪しを論じるのではなくて、好き嫌いで語っていいという潮流がある。

だが、好き嫌いとは別の、客観的な批評眼がないと、二流三流のものに割《さ》く時間が増える。それでは無駄が多くなるとゲーテは言うのだ。

もちろん、本当にいいものを知ってしまった場合、それが手に入らないときのつらさというものがないわけではない。だが、一流のものに触れたことのない味気なさに比べれば、ものの比ではない。

「興味ない」は禁句

私は尺度という意味で、もう一つ心がけていることがある。それは、「ノンフィクションは読むがフィクションは読まない」「クラシックは好きだけれど歌謡曲はダメ」というふうに、ジャンルで好き嫌いを言わない、ということである。

どんなジャンルでも、頂点の人たちを見ていくと、胸にくるものがある。浪曲も「広沢虎造はいいいな」と楽しむことができる。頂点のものには普遍性があるとわかったのである。

大人にもその傾向は見られるが、小中高生はとりわけ好き嫌いが激しい。いいと思ったもの以外は完全に切り捨てて、自分が傾倒している何かを守ろうとする。

例を挙げれば、自分が「『少年ジャンプ』が好き」だとしたら、ろくに読みもしないで「『少年マガジン』なんて全然面白くない」と忌《い》み嫌うような極端さだ。他ののを知ることで、自分の興味の牙城《がじょう》を崩されるような気持ちになるのだろうが、まったく無意味である。

私もかつて、松田聖子のＣＤアルバムなどを愛聴していて、仲間内からはたいへんバカにされた。なぜなら、私が好きでビデオに録っていた聖子や中森明菜は仲間からは非常に低級な文化とされていたからだ。

しかし、当時彼女たちは歌謡曲アイドルのまさしく頂点だった。頂点をなすものは、ジャンルの高級低俗にかかわらず楽しい。だが、歌謡曲なんてと斜に構えていると、その楽しみは知らないままである。「そういうのは興味ない」と排除して狭《せば》めていくのではなく、受け入れる。すると好きなものは広がっていくのである。

どんな領域であれ、いちばんいいものは尊重することだ。オリンピックレベルになると、たとえマイナー競技の選手でも、トップにはそれなりのきらめきがあるものである。世界を広げていくために頂点のものを知っていくと、目が開かれていく。

また、自分の青春と絡《から》まり合ってしまったものは、その季節が過ぎると急に自分の周囲から排斥《はいせき》したい衝動に駆られることもある。これも世界を狭める行為の一つである。

過去にべったりと自己にまみれてしまったものは、何となく恥ずかしい。青春のあやまちとないまぜになってしまうからなのだが、これは趣味のよし悪しとは別問題だ。いい思い出として、心の奥底にしまっておくことだ。

8 独創性などない

独創性ということがよくいわれるが、それは何を意味しているのだろう！　われわれが、生れ落ちるとまもなく、世界はわれわれに影響をあたえはじめ、死ぬまでそれがつづくのだ。いつだってそうだよ。一体われわれ自身のものとよぶことができるようなものが、エネルギーと力と意欲のほかにあるだろうか！私が偉大な先輩や同時代人に恩恵を蒙《こうむ》っているものの名をひとつひとつあげれば、後に残るものはいくらもあるまい。

名作の背景にあるもの

独創性についての話は、『ゲーテとの対話』の中のもっとも中心的なテーマである。というのも、この当時ドイツのロマン主義派の人々は、自分や同時代の書き手の才能に対して、「オリジナリティがあってすごい」「独創的だ」と大した自画自賛ぶりだった。それを聞いて苦々しく思っていたのがゲーテである。

ゲーテの主張は、どんなものでも、先人たちの影響なしにつくったものなどないということだ。偉大な先駆者たちの作品をしっかりと模倣し、継承したという意識を持つのがむしろ正統である。それを自分の独創性だと考えるのは思い上がりというものだと指摘する。

たとえばシェークスピアの『ハムレット』や、ゲーテの『ファウスト』にしたって、すでにあるフォークロア（伝承）が原点になっている。もうすでにある伝承をアレンジして、二度と生まれ得ないような名作中の名作に仕上げたのである。

日本で言えば、紫式部の『源氏物語』は実は中国にあった話をいろいろと取り入れた作品である。だが現代においては、さまざまな作家たちが、今度はその『源氏物語』をベースにさまざまな作品をつくり上げている。

にもかかわらず、過去の遺産ともいえる文化を無視し、薄っぺらい独創性に重きをおいているのが近代の病なんだとゲーテは言い切っている。

そういう発想は自分の器を小さくしてしまうだけだ。〝オリジナリティ〟という幻想にとらわれてしまっているために、近代の人々は先人たちの成果を勉強しないクセがついてしまうのではないかとゲーテは懸念した。それでわざと「独創性など意味がない」と言うのである。

これはあとで紹介する「独学は非難すべきもの」という箴言《しんげん》とも関係がある。ラファエロなど当時の画家たちの例を見てみると、そのころは、ある工房に入ってチームで仕事をするというのが芸術家の自然なコースだった。自分の師匠や親方の手法を全部吸収して、吸収し終わったら次の工房に行く。それを繰り返して腕を磨いていくことがむしろ当たり前だったのである。

実際、シェークスピアやモーツァルトのように、もっとも独創的だと思われている知性の方が、既存のよいものを上手に消化して使っているのである。

モーツァルトでいえば、彼の作品の中には、ハイドン（有名な音楽家のフランツ・ヨーゼフ・ハイドンとは別人物の作曲家）の曲に非常に似たものがあったりする。独創性などという主観的なものにとらわれるよりは、もっと力強いものに憧れ、大いに影響を受けよとゲーテは言うわけだ。

主観偏重のマイナス

そういう意味では、現代においてもその手の勘違いはしばしば起こっている。そもそも今ほど主観性が絶対視され、客観性が軽視されている時代はない。「私」という主体が気持ちいいか、気持ちよくないかにすべての価値は委《ゆだ》ねられている。八〇年代以降の日本ではそれが特に顕著だ。独りよがりというか、あまり外の世界を勉強しないし、主観をよしとしている。主観の中でも徹底して感覚主義的で、好きなものが好きという基準だけで走ってきてしまった。

これが六〇〜七〇年代のカウンターカルチャー（対抗文化）や、八〇年代以降に席巻したポストモダン的風潮の余波である。このころ始まった主観偏重にはいささかうんざりさせられる。

たとえば、オリンピックの代表選手が「頑張ってきます」と言わず、「楽しんできます」と言うようになったのは、八〇年代以降だ。かつてプレッシャーに押し潰されて力を発揮できない選手がたくさんいたことの反動なのか、選手たちはみな一様に「楽しんできます」と言い始めた。楽しんでくるのはいいのだが、競技者として参加しているのに、惨敗しても楽しめるものだろうか、と私などは思ってしまう。

気持ちがいい、楽しいということは確かに大事だが、世界は今どうなっていて、自分は今どのぐらいのポジションにいるのか、そういう客観性があった上で「楽しむ」方が結果的に何倍も楽しめる気がする。

たとえば、サッカーの中田英寿は代表チームの勝敗に一《いっ》喜《き》一《いち》憂《ゆう》しない。それは、世界のレベルから見て今の日本の力はこのぐらいだと冷静に判断しているからである。彼の中に世界水準という客観性がある。だから、生意気に聞こえる発言も説得力があるのだ。

基準があってものを言っている人間と、本当に独りよがりで言っている人間とが今は同等に扱われてしまう。その原因は、偉大なものを尊敬し、それについて学ぶという伝統が途絶えてしまったことにある。

金の林檎とジャガイモの差

ゲーテは常に偉大なものに対しては素直だ。勉強し続ける。

シェークスピアの例で言えば、「シェークスピアは銀の皿に金の林檎をのせて、われわれにさし出してくれる。ところがわれわれは、彼の作品を研究することによって、なんとか銀の皿は手に入れられる。けれども、そこへのせるのにじゃがいもしか持っていない」とゲーテは言った。それはシェークスピアを神のようにあがめての発言ではなく、客観視して見ているだけのことだ。客観視して見たときに、シェークスピアは自分よりはるかに上で、とても勝てないとゲーテは認める。その尺度の持ち方においてゲーテは客観性を持っている。

独創性の重視は、言い替えれば個性偏重、自由主義である。それによって、学ぶということと個性は対立し、学べば学ぶほど独自性が失われるかのように思われているのが問題である。

たとえば、モーツァルトほど十五歳の時点で音楽について勉強している人間はいなかったと思う。ピカソや手塚治虫もそうだ。天才と言われている人たち、もっとも独創的な人たちの幼少年期を見れば、恐ろしい量を学習している。学習するスピードがあまりに速いので、基本を卒業するのも早い。そのために、基礎がなくてもクリエイティビティがあるように見えるのかもしれないが、要するに世界でいちばんものすごい量を勉強した人間が独創的な仕事をしているだけなのだ。

ゲーテが二百年前に批判した潮流というのが、実は今の日本にもっと強い形で流れ込んでしまった。実際、今は大学生でさえ、「教養がなくたってかまわない」「知らないから何だっていうの？」と開き直るのだから恐れ入る。大学生が「知らないことは恥ずかしいことだ」と思わなくなったのが、この二十年の大きな変化だ。私が大学生だったときには、「ものを知らないことは恥ずかしい」という感覚が一応は優位であった。

こういった教養の衰えは、どの世代でも共有されるべき〝スタンダードのテキスト〟を持たなくなったことに原因がある。本も、「いいものを読め」ではなく、「好きなら何でもいい」になり、もっとひどくなると「本なんか読まなくていい」とさえ考えている大学生がいる。

ポストモダンの源流は、六〇年代のカウンターカルチャーにある。前時代のものを全否定するところに新しい自由や創造があるんだという洗脳があまりに強烈すぎたため、先人たちの遺産を学ぶという姿勢はほとんど消滅している。つまりゲーテが抱えていた課題意識の背景にあったもの、つまり当時のドイツの危機的状況は、もっと悲惨な状態になっていまの日本を襲っているのである。

「生まれてからずっと、世界は自分に影響を与え続けている。だから独創性ということに対する一種の幻想はやめたまえ」というゲーテの言葉は、まさにそんな現代において重要なメッセージになると私は考えている。

9　独学は非難すべきもの

なにもかも独学で覚えたというのは、ほめるべきこととはいえず、むしろ非難すべきことなのだ。

独学より大家に学べ

独学で覚えたことは、さもよいことのように言われるときがある。

たとえばこの引用部分は、婦人たちがある若い画家の肖像画を賞賛したときにゲーテが答えたものだ。婦人たちは、絵のすばらしさを褒《ほ》め称《たた》えながら、「それに、何とすばらしいことでしょう、このひとはまったく独学ですもの」と言った。一人で腕を磨いたということは、それだけの努力をしてきた証だ。誰にも習わずにここまでできるのは大したものだ。このような見方は、現在も広く行き渡っていると思う。

この言葉に続けてゲーテはこう言う。

「才能のある人が生れるとすれば、それはしたい放題にさせておいてよい筈《はず》はなく、立派な大家について腕をみがいて相当なものになる必要があるからだよ。先日私はモーツァルトの手紙を読んだが、彼のところへ作曲を送ってきた男爵にあてたもので、文面はこうだったと思う、『あなた方ディレッタントに苦言を申さねばなりますまい。あなた方にはいつも二つの共通点が見られますから。独自の思想をお持ちにならないので、他人の思想を借りて来られるか、独自の思想をお持ちの場合は、使いこなせないか、そのどちらかです』」

ゲーテは、この画家の才能を認めながらも、独学で褒められるべきはその意欲だけである、才能のある人は、大家について修練した方がはるかにいいのだと言う。あのモーツァルトでさえ大家について勉強したのだから、という皮肉を忘れないところがゲーテらしい。

ゲーテは、肖像画の手を見て、すぐにこの画家は独学で絵を覚えたのだとわかったと言っている。

「このことはとくに、正確でもなく芸術的ともいえない描き方をしている両手を見れば、すぐわかった」

「息子さんには才能はありません」

さらに続けて、ゲーテは、レオナルド・ダ・ヴィンチが言ったという言葉をつけ加えている。

「レオナルド・ダ・ヴィンチはこういっているよ、『あなた方の息子さんが、自分の描くものをくっきりとした明暗によって浮きあがらせ、見る者が思わず手でつかまえたくなるくらいのセンスをもっていないようでしたら、息子さんには才能はありませんよ』とね。さらに、レオナルド・ダ・ヴィンチはこうもいっている、『あなた方の息子さんは、遠近法と解剖学を十分に修得してから、りっぱな大家に師事させなさい』

と。ところがだ、今どきの若い美術家連中ときたら、師匠のもとを離れるときになっても、まだその二つがろくに分らない始末さ。世の中もひどく変ったものだよ」

遠近法と解剖学といった絵画の基礎の基礎をまず修得し、さらに大家のもとでいろいろなものを学ぶべきだと言うのだ。

前述したが、当時のイタリアには、工房というシステムが確立されていた。画家は一人で仕事をするものではなくて、集団で仕事をするものであった。請け負ってきた仕事を、何人もの職人が分担して完成させるのが普通だった。

そのシステムについては、『チェッリーニ自伝』に詳しい。チェッリーニは、イタリア美術史上でもっとも有名な彫金《ちょうきん》師《し》だ。ある工房で腕を磨いたら次の工房に腕一つで移っていく。工房に入ることがすなわち学びであり、修業であり、仕事であったわけだ。これは独学とは言えない。

実はゲーテはこの『チェッリーニ自伝』を訳していて、非常に惚れ込んでいた。職人の技を師匠から修得していく重要性をやはり認識していたということである。最近はこうした考え方は古いと思われているが、私はゲーテの意見に賛成である。

建築家の安藤忠雄のような独学の例は確かにある。しかし、彼の独学ぶりはまずもって尋常ではない。要するに彼の場合は、大学の建築学科に行く必要もないほどに勉強のスピードが速かったのだ。あちこちを旅して、価値のある建築物を見て回った。現物をテキストにして、理論的な勉強は自分でやり続けたわけだ。

その彼にしてみても、たとえばル・コルビュジエのような尊敬する建築家をしっかり持っている。コルビュジエに手取り足取り教わったわけではないのだが、彼の建築物をあれこれたくさん見ることは、彼に師事していたことに等しい。安藤は心の中に師匠をしっかり持って、建築家として成長していったのである。

「師匠について学べ」とゲーテが勧める最たる理由は、師匠につけば体系的に基礎を学ぶことができるということだ。遠近法も知らないで絵を描く。それはうまいように見えても、しょせんは二流のうまさなのだということである。

学歴も重要な情報

現在に照らしてみると、今の社会は学歴を軽視する傾向にある。採用に関して学歴は見ないという企業も多くなっている。

だが、リベラルな発言で通っているある大学教授が、「経歴、要するに誰についてどういう勉強をしてきたかということは意外に重要である」と言っているのを聞き、私はかなり驚きを感じた。それと同時に非常に納得できたのである。学歴を一切抜きにしてその人物だけを見るという採用方法は一見公平である。だが、実は重要な情報を無視することになる。

重要な情報とは、すなわち経歴や学歴がその人に大なり小なり与える影響である。ゲーテも、「一生のあいだ厳然とした槲の大木に囲まれている人間は、毎日軽やかな白樺の下を散策している人間とは、別な人間になってしまうのは当然だな」と言っている。

たとえば慶應義塾大学藤沢キャンパス（ＳＦＣ）に通う学生がいる。ＳＦＣには、アメリカナイズドされた個性的な気風、学風があり、教員たちは、オープンで柔軟性に富んだ学習スタイルを意識して教鞭《きょうべん》を執《と》っているはずである。つまり、ＳＦＣの空気を吸い込むことで、少なからず学生たちは影響を受ける。それが学生たちがまとう雰囲気にもなっている。

現在は、誰の指導も受けずに何かをするということがプラスの価値のように言われる。だが、同じレベルに達するのであれば師匠についてきちっとした基礎を身につけた方が、そこにたどり着くのも早い。

それなのに、なぜ独学が褒めそやされるのか。たとえば大学受験も、塾にも行かずに独学で合格したということがある種の自慢のように語られたりもする。おそらく、独学で突破する方が能力が高いという感覚があるのだろう。

師弟の関わり合いの中でだけ学べるもの

かつては私もそういう感覚を持っていた。しかし、今となっては塾に行って合格するのと行かないで合格するのでは、行って合格する方がいいと思うようになった。塾のように、他人から学ぶことは、独学では得られない刺激を受けるからだ。

私自身は、中学高校時代は運動部野郎だったので、あまり塾には行っていないのだが、上京してきて予備校に行ったときに、こんなに面白い人たちがいるのかと感心したものだった。特に講師陣には教養を求め続けるような空気があった。もちろん受験の内容は教えるが、それだけではとどまらずにあふれ返ってしまうような教養のエネルギーがあったのだ。

中でも、医学部受験者のための日本史の授業はいつも立ち見が出るほどの人気ぶりだった。考えてみれば、医学部を目指す学生にとって日本史は大して意味のない教科だ。にもかかわらず、受験寸前の時間的、精神的な余裕のない時期になっても、なぜ教師も生徒もこうも教養的なものに燃えてしまうのかという不思議な熱気があった。

その日本史の先生が、なぜそれほど生徒たちに歓迎されたかといえば、彼は天才的なストーリーテラーだったからである。先生が『平家物語』や「明治維新」について語り出すと、その当時の光景が浮かぶようだった。

その先生の授業は、受験勉強の緊張感を利用した教養教育だった。目的以外のものまで含んだ出会いが、師匠と弟子の関係にはあり得るものなのだ。

たとえば、折口信夫《おりくちしのぶ》という文学者がいる。釈迢空《しやくちようくう》という名で有名な歌人でもある。折口は、同性愛者だった。折口は同性愛を一つの軸として学問の共同体（一派）をつくった。

歌の世界は、要するに情念の世界、エロスの世界である。古代文学はそういう情念を含んでいる。折口はそう考えていたので、師と弟子が生活をともにする、寝食をともにするという非常に濃い共同体をつくっていた。皆が同性愛者というわけではないが、そうした生活の中で初めて伝えられるものがあるというわけだ。

このようにつくられた一派は閉鎖的とも言えるが、そこまで師事した人は、やはり折口の思想を骨身にしみるまでに受け入れてしまうに違いない。異論はあるかもしれないが、何か非常にレベルの高いものを伝えようと思ったときに、強い師弟の関わり合いの中でだけ学べるものがあるのも事実だろう。それはおそらく、折口の本を読むなどの独学では到底学び得ないものであったということだ。

基本のない「ヘタうま」はただのヘタ

話は少し長くなるが、遠近法は、ダ・ヴィンチの時代に確立された。ダ・ヴィンチがミラノのサンタ・マリア・デッレ・グラツィエ修道院の食堂に描いた「最後の晩《ばん》餐《さん》」で完璧に実証しているのだ。

近年、この絵の中のキリストのこめかみには穴が空いていることが発見された。キリストのこめかみのポイントを消失点と言うが、ダ・ヴィンチはこの消失点からひもを引っ張って、遠近法的作図をしたことがわかっている。

そういう偉大な発見や創造を、次の世代が知らない、学んでいないということは多い。絵画で言えば、印象派は、明確なフォルムを描き出すことをある種否定して、光の変幻自在な動きだけで描く。形を描かずに光の動きだけで表現するというのは一見進化したように聞こえる。だが、実はその印象派らしさは、印象派の弱点と表裏一体なのだ。

印象派がダ・ヴィンチの「モナリザ」を超えたとは言えない。同様に、現代彫刻は、ミケランジェロのダビデ像やピエタなどを技術的に超えたとは言えない。

ダ・ヴィンチは絵画上のさまざまな技法を自分自身で編み出している。たとえば、「モナリザ」は徹底した明暗だけで描かれている。そのため、あの絵には輪郭線がない。絵筆の跡がないため、肌そのものが浮き上がっているかのように立体的に見えるのだ。現代ではエアブラシという手法で輪郭を完全にぼかして描くことが可能だが、ダ・ヴィンチはそれを自らの手指を使って仕上げたのである。「独学」の名のもとに、そうした高度な技法や徹底した理論の積み重ねを継承しようとしないとすれば、それは明らかに愚行である。

考えてみると、前の時代を技術的に超えられないというのはかなり恥ずかしいことだ。芸術以外の分野ではなかなかそうしたケースはない。個性を言い訳に、基礎や基本という根から吸収することを軽んじる傾向は、やはり現代人が弱くなっている証拠でもある。基礎などなくても個性的であればいいのだと作り手側は甘え、鑑賞者側はその風潮を許している。

たとえば、現代人は「ヘタうま」などと言われる絵を好む。上手な絵には慣れてしまって、下手でも個性的な絵を格上に見る。

いっぽう、スポーツの世界では「うまいことはよいこと」という原則が揺らぐことはない。「あのプレーヤーは、ヘタうまだからいいね。下手だけど味があるね」などとは決して言わない。だから、スポーツの世界はずっと進化し続けている。サッカーのペレとジダンを比べてみると、おそらくジダンの方がうまい。ペレという一人の不《ふ》世出《せいしゅつ》の天才を、サッカー上達のためのノウハウで乗り越えてきたのである。

私は、進化を逆戻りさせないというのが、あるべき姿だと思う。独学の場合は特に、自分自身に気持ちの甘さをつくらないことが大切だ。

もちろん基礎というものは、いい学校に行けば、ぼんやりしていても必ず身につくというほど甘いものではない。だが、自分の表現の骨格となる基礎がきちんと修得できてこそ「崩したスタイル」がつくれるのだ。ピカソがキュビスムの時代に移るのも、若くして技術を会得したその後である。

写真家の荒木経惟《のぶよし》氏は、ある写真家に、「おまえらは自分で写真が俺よりうまいと思ってるだろうが、ちゃんと撮るとおまえらよりうまいんだ。俺はわざと下手に撮ってるんだ」と言ったそうだ。その言葉は非常に説得力がある。

10　自分だけの師匠を持つ

ドイツの馬鹿どもときたら、学識を得ようとすれば、才能をなくしちまう、などと思っている。どんな才能だって、学識によって養わねばならないし、学識によってはじめて自分の力倆《りきりよう》を自在に発揮できるようになるのだというのに。まあ、しかし、馬鹿は馬鹿のするにまかせておこう。馬鹿につける薬はないさ。

なぜ日本人は印象派を好むのか

これはゲーテが独学を賞賛する同時代人について指摘した言葉である。そこにはたぶん、文化全体の停滞を招くという懸念もあったのだと思う。

私も同様に、今の日本人たちが、とりわけ文化において学識を得ようとせず、あまりに素人的なものを好むことに不安を感じる。自分がかなわない圧倒的な才能には引いてしまい、アマチュア的な雰囲気には親しみを覚えるという脆弱《ぜいじゃく》さが蔓延《まんえん》しているからだ。

さきほど印象派の話に少し触れたが、実際、日本ほど印象派の展覧会が繰り返し催され、高値で取り引きされる国はない。印象派にとって、日本は格好のマーケットだ。ゴッホの「ひまわり」には替え難い個性があるのは間違いないが、さすがに昭和六十二年に旧安田火災が約五十三億円で落札したニュースには世界中が驚いた。印象派は美術史全体に照らしてみると一時期の現象に過ぎないが、日本編集の世界美術全集などを開くと、印象派が占めている割合がとても多いのだ。

また、ヤン・ファン・アイクは、徹底したリアリズムで「ファン・デル・パーレの聖母子像」などを残したフランドル派の画家である。そのヤン・ファン・アイクは途轍もなくうまい写実的な絵を描くのだが、日本では彼より印象派の画家たちの方が明らかに有名で珍重されている。

日本人がこれほど印象派を好むメンタリティには、ゲーテが批判していたようなある種の脆《もろ》さが関係しているのかもしれない。

面白ければいい?

日本人の脆さは、文学の世界にも見られる。

ヘタうまを賞賛し、正統的なものを学ぶのはかっこ悪いという社会的なムードが長く続いたために、成熟した文章、いわゆる名文のテキストも消えかけている。

たとえば、小中学校の子どもたちの国語教科書には、いま森鷗外の小説はない。夏目漱石もどんどん消えていっている。代わりに現代作家のものを入れようということらしいが、現代作家のものも何年かごとに入れ替わってしまうので、いまは世代を超えた共通のテキストを持つことができない。

元来、絵を語るときにも音楽を語るときにも、いわゆるビッグネームを中心にすれば価値認識を共有していくことができる。だが、モーツァルトについてどう思うか、セザンヌについてどう思うかと意見を交換していく場で、共有できるテキストがなかったら、文化としては致命的である。なぜなら、それぞれがバラバラの知識を持って語り合うことになり、お互いの審美眼を鍛え合う機会を失ってしまうからだ。

文学で言えば、たとえば幸田露伴や樋口一葉の日本語は非常にレベルが高い。日本語というものを全部こなしきっている。そうした名文をすごいと思える感性を共通基盤にしていかなければ、日本語の深い理解は育たない。

良質な古典を古くさいと排除したがる人間がいるのは勝手だが、現代作品だからといった理由で吹けば飛ぶようなものを教科書にしていく弱さが社会全体で加速しているのが恐ろしい。その結果、今は鷗外の『舞姫』を見せても「読めない」という高校生がいる。

面白ければいい、新しい方がいいという傾向は、そもそもはマスメディアの世界にあったものだ。今やそれが文化や教育の現場にまで浸透し、本流になってしまった。「今の子どもの感覚にマッチしたものを」という名目で新しいものばかりを取り上げてきた結果、絶対的な技量を持っているものとそうでないものを見分ける目がなくなってしまった。

レベルの高さを尊重しない悪癖

ビッグネームに対するある種の尊敬の念を失うということは、数学の世界ではあまりない。たとえば、微分法の発明はライプニッツが有名だが、ニュートンも微分・積分の発明をしている。ニュートンは宇宙の力学を説明するために、微分・積分の数学をライプニッツとは独立してつくってしまったのだ。

それは天才だけがなし得る業《わざ》だが、高校生でも微分・積分は勉強すればわかる。微分だったら変化率がわかる。積分だったら、たとえば回転した複雑な立体の体積が計算できる。あれは相当面白いものなので、普通に知的感性があればワクワクする。

つまり、ニュートンの発見した素晴らしい知恵を私たちは学び、喜べるというシステムが数学という世界にはある。

しかし、数学のように答えが明快にいかない、個性というものが関わるジャンルでは、そうした当たり前の知的循環が思いのほか軽視されているのである。そうなると、進化しているのかどうかさえ疑いたくなってくる。音楽の世界など特にそうだ。

古澤巌《ふるさわいわお》というヴァイオリニストがいる。二十世紀最高のヴァイオリニストの一人、ヤッシャ・ハイフェッツにも師事したくらいの名演奏家だ。私は古澤の演奏を聴きに行った経験があるが、日本人の中でも屈指のうまさだと思った。だが、彼の知名度は日本人の間でそれほど高くはないだろう。

日本では、五嶋みどりのような例は別として、クラシックの世界にいると、残念ながら技量の高さが知名度に正当に結びつくようなことは少ない。テクニックでは圧倒的に劣る中途半端なポップスバンドの方が受け入れられて、大きなマーケットをつくっている状況だ。

血の滲《にじ》むような努力をした人たち、客観的にレベルの高い技能を持つ人たちを尊敬する空気がなくなると、それを目指す人がだんだん少なくなってしまう。それがさらなる衰退を呼ぶ。

学校というシステムをうまく活用する

総じて、圧倒的才能を敬愛することは大事なことだ。だが、大家について学ぶことのマイナスがあるとすれば、師と弟子という関係が密になるほど、離れるのが難しいということだろう。芸能の世界なども、昔はどこかの一門に入ったらそこからなかなか抜けられないものだった。

たとえば能の世界には観世《かんぜ》流、宝生《ほうしょう》流などいろいろな流派があるが、いったんどこかに入門してから、「他の流派の方がいいな」と考えること自体がもう「能」的ではないらしい。これはある能の先生からうかがった話だが、どこかの流派の門を叩いたこと自体が運命なのだというのだ。

もし自分がその流派の家に生まれたとすれば、その流派が優れている、優れていないという比較はしない。それと同じように、門下に踏み込む人間も、そのような覚悟でいなければ身につかないと考えるわけだ。

その点、学校は師弟関係の距離感を適切に保っているシステムだ。優秀な人から適度な親密さと距離を持って教わることができる。こんな便利なものを活用しない手はない。

生徒側は、もしその教師が優秀ではない、自分とは合わないと思ったら、さっさと教わるのをやめればいいだけだから、どつぼに嵌ってしまうということがない。反対に、近づこうと思えばどんどん近づくこともできる。

実は、教師である側も、このシステムは気が楽だ。選択肢は一つ、しかも一回限りとなったら、それは選べないに等しい。だが自由に選べるのであれば、教える側は、生徒に影響を与え過ぎてしまうことや、無理を強いていないかといったことをそれほど気にしなくていいからだ。

一般に世間では、子どもが塾に行くことに対して「子どもの自由を奪うものだ」と考え過ぎているように思う。通わせている親の側にも罪悪感がある場合がある。もしかすると、自分自身の体験であまりいい塾に行ったことがない親はそう考えるのかもしれない。しかし私が見るに、それはあまりにも概念的な発想であり、現実とまったく見合っていない。

塾にはいい塾と悪い塾、あるいはいい先生と悪い先生がいるだけであって、それを選びさえすればいいことだ。塾の先生は、一応お金という代価によってマーケットにさらされているので緊張感がある。うまく選べば、学校よりも選択肢が広い分、いい先生に当たる可能性は高い。勉強の意義や意欲を変えることもある。私は実際にそうした体験を持っている。

高校生のとき、何かの縁で友達に連れられて、私も彼の通っていた塾へ行くことになった。私はいい生徒ではなかったが、そこで出会った長嶋先生という数学の先生に「数学とは何か」という本質を教えてもらったのである。

それは今でも影響を受けているほど大きなものだ。「数学は徹底的に美しさを追求する学問だ。解ければいいというものではなく、美しい解答でなければ意味がない」という先生の教えのおかげで、私は学校で習っただけの人とは全然違う数学の考え方を持っている。

たとえば、先生は私たち生徒のノートをのぞき込んで、「ウーン」とうなっている。「いやあ、見ていられない。あまりにも美しくない」と本気で困っている。それで、「君たちね、こうやって解くとどうですか」と模範解答を見せてくれる。するとその場でみんなが、「はぁー、美しい」とため息をつく。数学者のいわば美意識、欲望というものを、私はその塾の先生に教わったのだ。

レベルの高い人に出会えるなら、お金を払う価値がある。罪悪感などを持つ必要はないのだ。

11 「素材探し」を習慣化する

教科書は、魅力的であってもらいたい。魅力的になるのは、知識と学問のもっとも明朗で近づきやすい面を出して見せるときに限るのだ。

人の気持ちを駆り立てる素材とは

学生時代を思い出してみて、魅力的な教科書に出会ったことがあると言う人はほとんどいないだろう。今普通に「教科書」と呼ばれるものは、退屈なものとして認知されてしまっている。そこには新しい意味を発見しようという意欲も湧《わ》かなければ、それを読んで興奮する喜びもない。むしろやる気を削《そ》いでいくものと見なされている。

しかし、ゲーテが言うように、本来、教科書は人の気持ちを駆《か》り立てる魅力的なものであるべきなのだ。「著者が何かを知っていたということを人に知らせるために」

書かれたようなものでは、読む側が魅力を感じるわけはない。教科書は、そこにある知識を人に教えるためにあるものなのだから、もっとも興味を引くものでなくてはいけないのだ。

教科書は、テキスト、テクストとも言われる。テキストとは、そこから意味を引き出す素材である。そのように、テキストとは興味・関心が喚起《かんき》される素材なのだと考えてみると、実は新しい展開が生まれてくる。

たとえば、書かれた何かを軸にして、場を一時間持たせようという場面があったとする。このとき、退屈な教科書を学生たちに渡してしまうと、「さあ」と議論を促《うなが》しても沈滞してしまうだけだ。

だがここで、二枚の写真を並べて見せて、「この二枚の写真の違いは何でしょう?」と問題を出してみるとどうだろうか。私の経験から言えば、学生たちの会話は活発になり、間違いなく場が盛り上がっていく。

なぜなら、その写真はそのとき、意味を見つけるための「素材(テキスト)」になっているからだ。

素材が何もない状態でものを考えることは困難である。だが、意味を発見するにあたって、テキストが文字で書かれている必要はないのだ。この場合は、二枚の写真によって、意味のある場を共有することができたことになる。いちばんいいテキストとは、このように、発見する楽しみを参加者側に残してあるものである。

テキストを用意する場合も、比較する対象が二つあると間違いがない。一つの素材を見せて、「これの面白い点は何か?」と質問したときに答えられる人は、かなり知識やセンスの豊かな人だ。ところが、土器について話し合う場合でも、縄文土器と弥生土器の二つを並べて見せたら、もし漠然とした知識しか持っていない者同士でも、土器についてかなり明確に論議することができる。

会話をリードする力

つまり、何かを教えるときに用意しなければいけないのは「素材」である。人との会話でも、素材が豊富だと人を楽しませることができる。そのため私は、素材を探すことを習慣化している。素材は日常にいくらでも見つけられる。「これをテーマに話したら面白いな」などと、目配せを欠かさないことだ。

たとえば映画を見ていても、「この十分間は素材として使えるか」などと考えながら見る。さらに、「これを見せたとき、どんな質問をしたら場が盛り上がるか」までを考えておく。ある映画の場面を見せてから一旦停止し、「主人公はここで何と言ったでしょう?」「次にヒロインはどんな行動に出るでしょう?」などというのは、私がよく使う手である。

その場合、発問を含んでいるシーンを選ぶことが大事だ。質問を呈示《ていじ》してひとしきり議論した後、フィルムの続きを見せると、そこに答えはある。だが、立ち止まって考えることで、各々が時間を楽しむことができるわけだ。それは、淡々とあらすじだけを聞かされるのとはまるで違う充実感が残る。

こうした「会話をリードする力」は、何も私のように教師という立場にいる者だけに求められているものではない。

たとえば、会議やプレゼンテーションなどでも、ただ報告書や企画書を回し読みして説明を聞くだけでは非常に退屈だ。だが、そこに「素材」という考え方を取り入れてみると、会議に能動的な動きが出てくる。会議に出ている人たちが参加できるような素材を提供できれば、イメージがパッと喚起され、より活発な議論になっていくはずである。

12　使い尽くせない資本をつくる

重要なことは、けっして使い尽すことのない資本をつくることだ。

最高のものに取り組め

これは人生のビッグテーマである。

最高のものを知れというアドバイスもあったように、いちばんいいものに取りかかっておくと、それは一生の資本になって自分を豊かにする。これがゲーテの一貫した主張なのである。それを身につけるのはちょっと時間がかかる作業だが、若いうち、エネルギーのあるうちに全精力を傾けて身につけておくと、一生安泰だと言うのだ。

どんな勉強をすべきかと聞くエッカーマンに対して、ゲーテは、「君は古代言語を学ぶ機会を、青年時代に大方失ってしまったのだから」と言う。いまから古代言語を資本にするのは無理だとはっきりアドバイスしている。

ゲーテ自身は、十歳のころにはギリシャ語ができ、次にヘブライ語をマスターし、英語も読めるし、イタリア語も訳せるとマルチなのだが、エッカーマンは、その時点でドイツ語しか話せない。そこでゲーテは、「今できる範囲で君の仕事にとって大きな財産となるようなこと。それはイギリス文学だ。いらない仕事を全部排除し、英語をしっかり身につけてイギリス文学を研究したまえ」と教える。

なぜなら「イギリスの文学はいちばんレベルが高い。われわれドイツ人自身の文学も、大体はイギリス文学が源流になっている。バイロンやウォルター・スコット、シェークスピア、ああいう最高のものを自分のものにしてしまったら、それは決して使い尽くすことはないのだ」というわけである。

私自身、初めてこの言葉を知ったとき、「おいおい、こういう有意義なことは、早く言っておいてくれよ」と、二百年も前に言っていたゲーテに食ってかかりたくなったものである。

遺産を受け継ぐ大切さ

「この世において、劃期的《かっきてき》なことをするためには、周知のとおり、二つのことが肝要だ。第一に、頭がいいこと、第二に、大きな遺産をうけつぐことだ」とゲーテは言う。「大きな遺産」というのは、別に金銭的なものを指しているわけではない。たとえば、ドイツ人がイギリス文学をものにしていれば、それはイギリス文学の価値を継承したことになる。そしてそれは偉大な遺産、資本となり、それによっていい仕事ができるというわけだ。

ゲーテは、ナポレオンはフランス革命を、ルターは坊主どもの暗愚《あんぐ》を、それぞれ受け継いだと言うのだが、この遺産の考え方自体が面白い。

確かにナポレオンは、フランス革命を遺産として受け継ぎ、皇帝になってしまう。フランス革命は皇帝をつくるためにあったわけではないが、そのように利用してしまったことになる。暗愚や、また誤謬《ごびゅう》といった誤りでさえも遺産として受け継ぐことがあるというわけだから、つまり、自分は何を受け継ぐかという意識が問題である。何かを継承するにあたって、自分はどういう系譜に属しているかを考えることだ。

私はこれを「系譜意識」と呼んでいる。系譜意識は、自分で勝手につくってかまわない。血統のルーツでさえ、藤原氏だの、桓武天皇だの、いろいろ勝手につくっている。それぐらいのものだから、精神的な系譜というのはいよいよもって自分で宣言してしまえばいいだけだ。

本を読んで勝手に私淑《ししゅく》する

また、本を読むということは、そのように勝手に私淑するようなものである。普段から言葉の端々にゲーテの言葉を引用できるようになると、それはまさにゲーテという遺産を受け継いだことになる。ゲーテほどの遺産を受け継いでいるとなると、かなり大きいものを受け取った気がする。シラーでも結構いいが、やはりゲーテの方が遺産としては大きいように思う。私とゲーテとの関係は、血縁でも何でもないが、これだけ彼の言葉が血肉になっていると、もはや血がつながっているかのように思えてしまう。

そのほかにはたとえば、シェークスピアやドストエフスキー、宮沢賢治なども大きな遺産であり、資本である。

宮沢賢治の場合、もちろん好きな人も多いから、好きであれば入りやすいということも言えるだろう。だが実際、受け継ぐものが途轍もなく大きいのだ。私自身も、宮沢賢治をテーマにして本を書いたとき、全集をとことん読んだ。そのとき、「ああ、これでいつでも賢治を取り出せる」と思った。

本や論文、卒論を書くときも、書きやすいからといって、小さなテーマや二流の作家で書いてしまうと、それは自分の資本にならないのである。

たとえば、夏目漱石についての卒論は、毎年膨大な数が書かれている。それでも漱石をテーマにすることを勧める先生が多いのは、研究をしてもしても使い尽くせないスケールを漱石が備えているからだ。漱石を自分なりに研究してみると、それが必ず自分の資本になる。憧れを持ってある人を徹底的に勉強することで、その人を資本にしていくことができるのだ。

知力の資本は自分でエネルギーを費やしてつくるものである。それだけに、くだらないものではなくて、集中していちばんいいものを対象にせよとゲーテは言う。

経験も資本になる

もっとも、一般の人は、普段あまり「資本」というものを意識していないかもしれない。だが、実はビジネスマンこそ、自分の資本は何かということを問われると思う。たとえば、どこに所属したかの経験が自分の資本になることもある。留学もその一つだ。

岡本太郎も、パリで生活したことがやはり彼の資本の一つになっている。パリの空気を知っている日本人と知らない日本人には差がある。日本にいたのでは絶対につかめないものが、その風土の空気を吸うことで得られる。パリという街は、そもそも芸術家にとって資本になり得る土地なのである。だから、藤田嗣治や佐伯祐三など、大勢の日本人芸術家がパリを目指した。

安藤忠雄も若いときにずっと放浪した。その蓄積が今の彼の資本である。若いときにエネルギーを費やし、自分の資本をつくったのである。

資本は、若いうちのエネルギーからしかつくれないものではない。四十歳になったら四十歳のエネルギーがあるものだ。四十歳になった機会に何か始めようとすれば、四十の手習いであっても、それでものになる場合もある。もし四十歳からやるなら、六十歳になったときにはかれこれ二十年もやっていることになる。すると、それはもう使い尽くすことない資本になっている。

私の友達にも、三十代から華道を習いに行っている男がいる。彼は、現在はビジネスマンとして活躍しているが、五十歳、六十歳になったときにはお花の先生にもなるつもりでいる。そうすれば、若い女性に囲まれることになる。なかなか見事な長期計画だと感心させられた。

自分がやろうとしているものが底の浅いものではなくて深いものならば、生涯自分を潤してくれる。そういう源流を見つけることだ。能などは、年を取ってからよさがわかってくるものの一つだろう。

「これは奥が深い世界で、いくらやっても飽きない」と言えるようなものと、やはり飽きてしまうものがある。資本づくりには、飽きない奥深い世界というものになじんでおくことだ。

Ⅲ　出合う

13　愛するものからだけ学ぶ

人はただ自分の愛する人からだけ学ぶものだ。

スタイルの似た人に惚《ほ》れ込め

ゲーテに、「人は愛する対象からしか学べないのだ」と断言されると、気が楽になるところがある。日常生活においては、相性の悪い人ともつきあわなければいけない。だが、本当に大事なものを学ぶのであれば、情熱が湧くような相手でなければむずかしいとゲーテは言う。自分が惚れ込める人をつくることだ。

思うに、惚れ込める人とは、自分とスタイルが似ている人である。自分が愛するものの質にもよるが、愛するものが自分にとってまねしやすいもの、模範になりやすいものだと吸収も早い。いくらすごくても、スタイルのまったく違うものでは、そもそも手のつけようがない。

学ぶことと愛することとは、密接につながっていると孔子も言っている。「之《こ》れを知る者は之れを好む者に如《し》かず」と孔子は説いているが、「好む者に如かず」とは、それを愛してしまう人には勝てないという意味である。

ゲーテは、「いつも大事なことは、われわれが学ぼうとする相手の人たちが、われわれの性分《しょうぶん》にふさわしい人であるということだ」という言葉に続けて、シラーがスペインの劇作家カルデロンに影響されなくて幸いだったと述べている。カルデロンは、ドイツ・ロマン派に非常に支持された劇作家だが、彼がドイツで一般に広く知れ渡るようになったのはシラーの死後である。だがもしシラーの存命中にカルデロンがいれば、シラーは間違いなく彼を敬愛し、影響されて、シラー自身の長所をいくらかなくしていただろうと言うのである。

学ぼうとする人を間違うな

ゲーテの観点に従えば、「性分にふさわしい人」とは、その人の思想や主張がするすると体に吸収されていくような相性のよさを感じる人である。ゲーテは、自分が敬愛でき、かつ自分の個性と似通ったところがある相手からだけ人はいい影響を受けるものだと確信していた。そうした自分の性分にふさわしい相手と、何だかそりが合わないのに惹きつけられてしまう相手とは区別しなくてはいけない。

恋愛でも若い頃は、「今になって思えば、なぜ私の性分にこれほど合わない人を好きになってしまったのか」ということがあるものだ。しかし年を重ねていくと、自分に合う人はどんなタイプかわかるようになる。実際、人間にしろ思想にしろ、あまりにも自分のタイプと違うものは、どんなに偉大で魅力的であっても、深く関わらない方が失敗はない。

つまりここでゲーテが言っていることは、学ぼうとする相手を間違えるなということである。

偏愛する相手を上手に選ぶ

聞いた話だが、ピアノで大学院に進むような音大生は、やはり自分のツボというか、好きなタイプの作曲家がいるそうである。シューマンならシューマン命、ショパンならショパン命と、ある作曲家に嵌り込んでいくらしい。

また、ホロヴィッツはスカルラッティの曲を好んで弾いた。スカルラッティは瞑想的気分の短い曲をたくさん書いている作曲家だが、普通のピアニストはホロヴィッツほど弾かない。だがホロヴィッツにとってスカルラッティは、かなり重要な、偏愛している作曲家のようである。グレン・グールドなら、さしずめバッハ、二度にわたり録音しているゴルトベルク変奏曲だろう。

偏愛している世界があると、それが自分を磨く砥石《といし》のようにもなる。偏って愛しているものからは莫大なものを受け取る。あれこれ均等に好きだというよりは、これだというものから学ぶものは多いはずだ。

おそらくピアノのような場合には、弾き手の性質や性分、あるいは技量や目指すべき目標などによって偏愛の対象は自然に決まっていくものかもしれないが、ゲーテは「それを意識的に上手に選びたまえ」と言っているような気がする。

「レッシングにせよ、ヴィンケルマンにせよ、カントにせよ、みんな私より年長で、前の二人からは青年時代、あとの一人からは老年時代に影響をうけることができたのは、私には大変ありがたいことだったよ」

というように、ゲーテはまた、もし自分と美意識や感性、あるいは人生との向き合い方など、センスの違う人から何かを得ようというのなら、学ぶべき時期というのがあると言う。ゲーテが青年期にカントに出会っていたら、はたしてどうなっていたのだろうか。

14　豊かなものとの距離

シェークスピアは、あまりにも豊かで、あまりにも強烈だ。創造をしたいと思う人は、彼の作品を年に一つだけ読むにとどめた方がいい。

憧れの対象とはつかず離れず

優れたものとの距離感をどう保つかということを、普通はあまり考えないかもしれない。自分が憧れている、すごい才能の持ち主がいたとする。憧れているのだから、近づきたい。しかし、実際にぴったりそばにいると、その人と自分との差があまりに大きくて、どうやってもかなわないとあきらめを感じてしまうこともある。

ゲーテはそれがわかっているから、シェークスピアのような偉大な才能とのつきあい方は「年一回」という言い方で「適当にしておけよ」と言うのである。

モリエールに関しては、「モリエールというのは本当にすばらしくて、私はときどき読むことにしている」と述べている。モリエールの場合はときどき読んでもいいんですよ、シェークスピアの場合は読み過ぎないようにしなさい、というアドバイスのユニークさは、実にゲーテらしい気がする。

たとえば、陸上競技で、自分の進歩のためには、どんな選手と走るといいかを考えてみるといい。自分より少し速い人と一緒の方が記録が伸びるとも言われるが、それは力が拮抗《きっこう》しているようなときだ。圧倒的に力の差があるような、末續《すえつぐ》慎吾選手の隣で走っても、みるみるやる気をなくすだろう。

しかし、テレビや、まして競技場で彼の生の走りを見たら、その鮮《あざ》やかさに心を打たれて自分も走りたくなるに違いない。中学生や高校生だったら、「もっと速く走ってやろう」という意気込みを持つかもしれない。憧れに憧れることは大切だ。要は、〝憧れの星〟との距離感である。

支配されない距離

ある人の個性が豊かで強烈であれば、その人に憧れ、集まってくる人が出てくる。しかし影響されすぎた場合、その周囲にいる人々はオリジナリティを失っていくのである。

たとえば、アンディ・ウォーホールはいい例だろう。彼の「ファクトリー」に集まってくる有象無象《うぞうむぞう》は後を絶たなかった。しかしそのファクトリーに出入りしていた当代の芸術家たちは、それなりに名前があっても、後世には、ウォーホールの友人であるとかマネジャーであるという形で紹介されてしまうのだ。もしウォーホールのファクトリーに近づかなかったら、違う形で花開いた人もいるかもしれない。だが、彼の近くにいることを選んだために、その一派や弟子という以上に輝けないのである。

圧倒的な才能の前では、すべてを投げてしまいたい衝動に襲われる。谷川俊太郎と出会うと詩をつくるのをやめたくなるとか、寺山修司と出会って短歌をつくれなくなったというようなことである。

そこそこの才能があったとしても、それで自分の道を断ってしまうのは哀《かな》しい。強烈な刺激は受けても、支配されないくらいの距離を保つことだ。もっともシェークスピアにしても、読み手の感性が鋭くなければ、さしたる弊害はない。「読んで楽しい」で終わりである。しかし、ゲーテはつくる観点から見ている。そのぐらいの感性で自分は読んでいるのだということなのだろう。本を読むことはゲーテにとって真剣勝負なのである。

「われわれのように、何かがどのようにして作られたかという点に特別の注意を向ける者は、彼の作品に二重の興味を持ち、またそこからすばらしい収穫を得るわけだ」

ゲーテは創作物に触れたとき、どうやってつくるのか、そのプロセスまでを念頭に描きながら向き合うことを勧めている。

15　同時代、同業の人から学ぶ必要はない

生れが同時代、仕事が同業、といった身近な人から学ぶ必要はない。何世紀も不変の価値、不変の名声を保ってきた作品を持つ過去の偉大な人物にこそ学ぶことだ。こんなことをいわなくても、現にすぐれた天分に恵まれた人なら、心の中でその必要を感じるだろうし、逆に偉大な先人と交わりたいという欲求こそ、高度な素質のある証拠なのだ。モリエールに学ぶのもいい。シェークスピアに学ぶのもいい。けれども、何よりもまず、古代ギリシャ人に、一にも二にもギリシャ人に学ぶべきだよ。

異なる時代、異業種こそが刺激の宝庫

異なる時代、異業種こそが刺激の宝庫である。芸術の場合は特にそうかもしれない

が、普通のビジネスにおいても言えることだ。

同業の人間は、同じようなことを考えがちだ。なかなか斬新なアイディアの素にはならない。むしろ、さまざまなアイディアがせめぎ合い、活性化している異業種からヒントを見つける方が早道だと私は思う。

同時代ではなく、かつての成功から学ぶというのも、アイディアを生む秘訣の一つかもしれない。いいネタというのは必ず周期をおいてまた来るという。たとえば、「学園もの」ブームは何年かごとに戻ってくる。これはホリプロ社長の自伝に書かれていたことだが、自分は舟木一夫で当てたので、次は森昌子でくるだろうと考えて、実際に命中させることができたと語っている。

ゲーテが偉大な先人に学ぶべきだと言うように、前の時代の作品を下敷きにして成功している例はかなり多い。たとえば太宰治の『走れメロス』は、詩人・シラー(シルレル)の「人質」という詩から取られたものと言われる。太宰自身も《古伝説とシルレルの詩から》と記している。

芥川龍之介が夏目漱石に褒められた『鼻』や『羅生門』といった作品も、もとは

『今昔物語集』から取ったものだ。原型は短いお話だが、芥川がいろいろな想像力を働かせて何倍かの長さにまとめたわけだ。

発想自体には古代の人のものの考え方が生きている。心理描写の部分は近代人の心理につぶさに迫っている。その料理の仕方があまりにも際《きわ》だっているので、面白さがいっそう密になっているのだと思う。それもまた独創性である。古代と近代が交錯する骨格といい、個人の内面から生まれ落ちた何かだけで書くよりもよほど面白い。『鼻』では、〝持ち上げて支えていなければいけないほど大きな鼻〟という発想自体が非凡だ。『羅生門』に出てくる死人を狙う盗人は本当の話だから説得力が違う。

太宰も芥川も、同時代からではなくて、はるか古代の力強いものから学んでいるのである。

偉大な先人と交わる

健康な力強さを持っている古代のものを手本にするというゲーテの立場は見習うべきことだ。歴史はうまさの基準の判定装置である。本当のうまさを継ぐには、歴史的に確定された美から学ぶことだ。

ちなみに、「偉大な先人と交わりたいという欲求」とは、素直さのしるしでもある。この素直さが知的欲求や向上心の養土となり、素質という種を育てていく。たとえばイタリアには、町中いたるところに遺跡があるせいか、それが刺激になる。丁寧な手仕事やデザイン性の高さにおいて、今でもイタリアが世界をリードしているのは、それと無関係ではないだろう。

基盤をつくった先人たちはとっくに死んでいるが、そもそも異業種交流会のように実際に他者と会う必要はないのだ。相手が死んでいても、自分と関わりない人間でもかまわない。同時代、同業者に影響されて右往左往しているのではなく、偉大な先人の残したものと交わっていくことが大事だ。

16　性《しょう》に合わない人ともつきあう

性に合わない人たちとつきあってこそ、うまくやって行くために自制しなければならないし、それを通して、われわれの心の中にあるいろいろちがった側面が刺激されて、発展し完成するのであって、やがて、誰とぶつかってもびくともしないようになるわけだ。

若いうちはもみくちゃに

今の若い世代は、そもそも誰とでもつきあうという感覚が希薄《きはく》なようだ。一般に、若い人ほど人間関係も柔軟だと思ってしまう。だがよく見ると最近は、若い世代には自分の仲間うちだけで固まって、それ以外の人とは交流しない傾向がある。つまり、自分と同じ種類の人間としかつきあえないのだ。

ほんの少し前の年代までは、そもそも子どもも時代に異年齢集団で遊んだ。縦の年齢幅が広くて、たとえば五つぐらいの子でも十二、三歳の子とずっと遊んでいた。年齢の異なる子どもたちの中にいれば、自分より強いやつも、ガキ大将もいる。中には性に合わないのもいる。それでも関係なくもみくちゃにされながら遊んだ。

かつては兄弟が多かったというのも、異なる年代を受け入れることに抵抗がなかった理由だ。秋月りすの『OL進化論』というマンガに、待ち合わせをしている女性二人のファッションが全然違っているという場面がある。それを見た周囲が不思議に思っていると、「ああっ姉妹《きょうだい》か」とわかって納得する。兄弟姉妹以外では、ファッションがまるで違う二人が友達で、買い物に行ったりするようなことはないのだそうだ。中高生の間では、友達同士はものすごくファッションが似ている。髪型や履いている靴、眉の剃り方にまでグループとしての統一感がある。

ところが、姉妹ではそういうものがなくてもつきあえる。私は三人兄弟だが、三者三様で趣味もまるで違う。兄弟姉妹という環境は、実にいいトレーニングルームにいるようなものだったのだ。家族というのは、趣味嗜好のまったく合わない同士でもひとつ屋根の下で暮らさなくてはいけない。兄弟が多い時代というのは、それだけで人間が練れるのである。

その訓練ができていないので、今の若い世代は、とりあえず世間話をしてやり過ごしたり、様子を見たりということが苦手だ。そもそも性に合わない人、自分と種類の違う人と出会う量が圧倒的に少ないのだろう。

もっとも、講演などで大阪やその他の都市に行くと、東京に比べてもっと積極的に人に関わっていこうというパワーが感じられる。多少は地域性もあるのかもしれない。

また、これはゲーテが言ったことではないが、「結婚は修行だ」という考え方があるそうだ。要するに、なぜか性に合わない人と結婚してしまうケースがある。それは、まさに人間としての修行というものとして考えたときに初めて理解できる。性に合わない相手とひとつ屋根の下で暮らせば、やがて人格的に幅が出てくる。誰とぶつかってもびくともしないようになるというわけだ。

「世間」とうまくつきあう訓練を

もちろん、ある程度年を重ねてくれば、わざわざ気の合わない人とつきあうのは面倒なものだ。だからこそ、若いうちは性に合わない人ともつきあって社会性を養っておくべきだろう。それでたとえば四十歳を過ぎたら、気の合う人とだけしめやかに暮らしていくというのはいい。

フリーターなどをやっていると、結局、性に合わなかったらやめてしまえばいい、となる。同じ種類の人間とばかりつきあっていると、性に合わない人とはやっていけない人間になってしまう。そうして社会性を失っていくと、世間がますます狭くなる。三十歳までには、その訓練をしておくことだ。

解剖学の養老孟司は、人間関係が苦手で、好きなことは昆虫採集だそうだ。それゆえに、なるべく人間関係がわずらわしくない世界に行こうと考えて仕事を選んだそうである。

「でも虫の専門家になろうとしたら、たちまち世間が顔を出します。専門家というのは、世間がそう認めている人のことですから、つまりは世間じゃないですか。要するに、私は世間が大の苦手だったんですよ。虫そのものと付き合うには、世間と付き合う常識なんか、不要です。でも専門家になろうと思ったら、それなり世間に入ることになるんです。（中略）私はなんとか『自分で生きたい』んですが、この世間では、まず『世間を知らなけりゃならない』んです。

その世間をあるていど『知る』までに、なんと六十歳を過ぎちゃったんですよ。世間を知ることは、つまりは『世間で生きる』ことでしょ。実際に生きてみなきゃ、世間のことはわからないんですから。西行が出家したのも、あるていど世間で生きてからでしょ」（『運のつき』養老孟司著）

世間とうまくつきあう方が、個人で生きる上では楽なところもあるということだ。

17　読書は新しい知人を得るに等しい

書物は新しい知人のようなものである。初めのうちは、大体において一致し、わたしたちの存在の何らかの主要な面で親しく触れ合うのを感ずれば、それで大いに満足している。やがてもっとよく知り合うと、ようやく差異がはっきりしてくる。そうなると、とるべき理性的態度の要点は、たとえば若いときのようにすぐにしりごみしたりせず、ほかならぬ一致点をしっかりとおさえて、だからといってすっかり一致しようなどとも思わずに、差異を完全に自覚することである。

差異を求める読書

ゲーテがここで述べているのは、あまり一般的な読書のしかたではないかもしれない。最初は書物に書かれた思想に呑《の》み込まれ、書き手の説や考えに染められるという感じがする。しかし、しばらく経ってもっと意味がわかってくると、それにつれて自分との違いもはっきりしてくるというわけだ。だが、差異を求めて読書をするという人は、稀《まれ》かもしれない。

女性は、読書に共感を求めていることが多いと聞く。自分の言いたいことが書かれているものを好むわけだ。中年男性も、書かれていることに対して「俺は前からこう思っていた」と言いたがるところがあるように思う。

とするなら、読書に求めているのは、書物との出会いによって、自分が知らなかったことを知る喜びや感動ではない。すでに自分の中にあるものを再現して、確認し、書物によって自分を肯定してもらいたいというような読書だということだ。

守りに入る自分をいさめる

そうした読書がいいかどうかは別にして、実際、本を選ぶときに自分の趣味に合う本ばかり選んでしまう人は非常に多い。

自分の趣味に合う本とは、心にまったく抵抗感がない本のことだ。たとえば藤沢周平に一度はまると、藤沢周平の書くものは何の抵抗もなく心に入ってきてしまうために、なおそこから抜け出そうという気持ちにはならなくなる。もちろん読書は娯楽でもあるが、自分の読む範囲が限られてしまうと、やはり世界は広がっていかない。

音楽は、その傾向がより顕著《けんちょ》に出やすい。若い頃にレコードで愛聴していたものをCDでも買ってしまう、持っているCDのほとんどはかつてレコードで持っていたものだ、という人は案外多いのではないか。私も四十代の今、二十代の頃好きだった音楽を繰り返し聴いてしまうようなところがある。

しかし、本に関しては、私は守りに入らないよう心がけている。最近は女性の書いたものを多く読もうという目標を持って読書をしている。なぜなら、女性というものを知らずしては生きていけないということに齢《よわい》四十にして気がついたからである。

作家の名前を伏せて小説を読んでも、女性の描写を見れば、それが男性作家が書いたものか女性作家が書いたものかはすぐ区別がつく。男の書く女性像は偏っていて、現実離れした「男の幻想」が色濃く投影されているからだ。

いわゆる男の幻想について男である私は十分理解できているし、そこに嵌っていると心地いい。それゆえ、男性の書いたものは違和感なく読める。反対に、女性の書いたものを読むのは、最初は相当に違和感があった。だが、読みにくいなという初期の感覚は、慣れてくるうちに非常に心地よい抵抗感になって、心を刺激してくれた。

そうしたある種の刺激を味わうためには、第百三十回芥川賞受賞作の綿矢りさ『蹴りたい背中』、金原ひとみ『蛇にピアス』の二作は、おじさんたちにとってたいへんいいステップボードになると思う。二十歳くらいの女の子の鋭い感性というものがきちんと言葉になっている。文字を通して、「この感覚は自分にはまったくないものだな」などと学べるのである。

ちなみに私は、痛みに非常に弱いので、『蛇にピアス』の方は、別の意味でかなり抵抗感があった。しかしながら、「耳や鼻に穴を開けたり入れ墨をしたり、人体改造をするような若者が日本をダメにするのだ」というような感覚はひとまず脇にどけて読んでみることをお勧めする。

このような自分の守備範囲ではない本を最後まで読むことによって、少し心が広がる。心というのは年を取るにしたがって狭くなるものである。今までの自分や価値観を守ろうとするために、違和感のあるものをとにかく否定して排撃する。それはごくノーマルな反応だが、こうした機会に「普段の自分なら読まない」本を読んでみると、少し縮こまった心の筋肉がまた柔軟さを取り戻すはずである。

実際に舌を蛇のように二つに割《わ》っている若者とつきあうのはつらいだろうが、読書を通じて触れ合うことはできるのである。そういう意味では、読書はまさに新しい知人を得ることに等しい。

18　癖《くせ》を尊重せよ

ある種の欠点は、その人間の存在にとって不可欠である。古くからの友人がある種の癖をやめたと聞けば、不愉快になることだろう。

癖にはエネルギーがある

「友人がある癖をやめたときに不愉快になる」というのは、少し極端すぎる言い方かもしれないが、癖がなくなった途端、寂しくなるというのはありそうなことだ。

たとえば、いつも一言多いという癖がある人がいて、もし余計なことを一切言わなくなったとしたら、聞く側は何か物足りない気がするものではないだろうか。

実際はそのくらい、人は癖というものを愛している。癖がない人ばかりという世の中は、すなわちみんなが似た人間になってしまうということだ。人はそうした平板《へいばん》さを嫌うから、その人の欠点だとわかっていても案外その癖を楽しんでいる。

先頃、「ドストエフスキーな人々」という連載（「小説新潮」）を終了した。この連載を始めるにあたってのコンセプトは、「癖の強い人を愛したい」というものだった。ドストエフスキーの小説には、癖が強い人がたくさん出てくる。私はそうした人々に非常に魅力を感じるのである。

癖には、いい癖と悪い癖があると思うが、ドストエフスキー作品の場合、「悪い」とひとくくりにするにはあまりに極端な癖の持ち主が多い。威張りグセ、卑屈、うそつき、口数が多いなどいろいろな癖があって、小説の中で癖同士がぶつかり合い、それぞれの癖がさらに剥《む》き出しにされる形で場がつくられていく。

癖はたいへんなエネルギーを含んでいる。癖と癖がぶつかると、いわば祝祭的にエネルギーが噴出する。

エネルギー不足の人にはとても耐えられないような激しさだが、そのほとばしりはとても面白い。

癖は愛すもの

マンガ家の井上雄彦も、その「癖」の魅力を熟知していたようだ。『スラムダンク』の成功の秘訣を聞かれて、「登場人物すべてに、必ず一つ欠点をつくること」だと答えていた。オールマイティな人間は絶対につくらない。たとえば主人公の桜木花道《さくらぎはなみち》のライバル、流川楓《るかわかえで》は、テクニックはスーパー級にうまいが、体力がない、ディフェンスが下手などの欠点がある。そうやって一人ひとりを見ていくと、みな一つや二つの欠点を持っている。それがマンガを面白くするコツだと言うのだ。

井上が言うように、人間の関わり合いが一つのドラマとして面白くなるのは、人間に癖があるからだ。それなくしてドラマは成立しない。

癖とはそもそも人間の過剰な部分である。それを愛せないということになると、皆がある種の同じ行動を取らないといけなくなってしまう。これはたいへんつまらないことだ。なぜなら、癖の強さは個性の強さだからである。

たとえば、長嶋茂雄は非常に癖が強い。彼の逸話《いつわ》には癖を感じるものが多いが、その癖のあり方が何だか微笑《ほほえ》ましい。

長嶋は合宿所で寝泊まりしていた頃、バッティングのヒントを思いつくと夜中でもかまわず起き出し、素振りに行く癖があったそうである。長嶋は、部屋の奥のいちばん快適な場所に寝ていたのだが、思い立つとバットを片手に、寝ている選手を全員踏みつけて出ていくのだそうだ。帰りもまたそうやって人を踏みながら寝床に戻る。周りは文句を言えないだけに、いい迷惑だ。

ところがある年、長嶋は相変わらず夜中に素振りに行くのだが、人を踏まないように避《よ》けて出ていったそうだ。それまで踏まれていたある選手はそのとき、「長嶋さんもそろそろ引退かな」と思ったが、案《あん》の定《じょう》、それからすぐに長嶋は引退したのだという。要するに、人が寝ていることが頭の隅にも思い浮かばないほど野球に夢中だったわけである。

今は社会に、癖を愛そうという風潮があまりない。だから、ちょっとでも際どい発言をすると、言葉尻をつかまえられ、それまでの功績と関係なく足を引っ張られてしまう。もちろん、許し難い深刻な失言もあるが、今はむしろ、「あらゆる欠点をなくせ」「絶対に失言はするな」という空気が明らかに強まっている。そのために、その人本来の奔放《ほんぽう》な物言いが消えてしまうわけだ。

これはニーチェが指摘したところの、〝小さい人間の社会〟だ。偉大なものをどんどん引きずり下ろしていこうという澱《よど》んだ空気、大衆の嫉妬《しっと》の海が広がっているように思えてならない。

癖は文学から学べ

そもそも癖は過剰なものである。ゲーテはそのはみ出した部分を「愛せ」とまで言っているわけではないのだが、この「癖を愛する」という観点は、やはり文学においてもっとも学べるところだろう。

文学には、普通の社会にはちょっといないぐらいの癖の強い人がたくさん出てくる。そういう人たちのドラマを通して、「こういうふうにして人間と人間は関われるのだな」と人間関係を知るようになる。現実の人間のキャラクターはそれよりは若干薄まっているものだから、文学に触れて癖の強い人に慣れておけば、少々のことはあり得るなと肚《はら》が据《す》わる。

そういう人間理解力を増すものとして文学は非常に有効だ。ビジネスもまた、人間同士のつきあいである。そういう意味で、ビジネスは文学とかなり近い位置にある。とするなら、相手の一般的な能力を量《はか》る前に、その人の癖を見抜くことができるといい。癖は長所と表裏一体《ひょうりいったい》だ。相手を癖も含めて愛することができるようになると、人間関係はビジネスを超えて深まっていく。

Ⅳ　持続させる

19　先立つものは金

経験を積むとなると、先立つものは金だよ。私がとばす洒落《しやれ》の一つ一つにも、財布一ぱいの金貨がかかっているのだ。今自分の知っていることを学ぶために、五十万の私の財産が消えていったよ。父の全財産だけでなく、私の俸給《ほうきゆう》も、五十年余にわたる相当な額の文筆収入も、そうだ。

自分への投資にルールを決める

これは私がかなり好きなフレーズだ。「洒落の一つ一つにも、財布一ぱいの金貨がかかっているのだ」という表現のおかしみが、まず気に入っている。

ゲーテはさらに、「才能があるというだけでは、十分とはいえない。利口になるには、それ以上のものが必要なのだ。大きな社会の中に生活してみることも必要だし、当代一流の士のカルタ遊びを見たり、自分も勝負に加わってみることも必要だね」と続ける。いろいろな経験をするのに、お金を使うことも必要だと言うわけだ。

たとえば、「洒落」はある意味くだらない、無形のものだ。そういうものさえも金貨をかけて身につけたのだというのがゲーテの自慢、というか偽《いつわ》らざる気持ちだ。いわゆる文豪ゲーテのイメージを大きく覆《くつがえ》すような言葉だが、私はこの観点は、意外にバカにできないと思う。

なぜなら、自分なりに持っているお金をどう使うかという課題は、誰にとってもついて回るからだ。自分への投資というテーマが、お金をめぐってはっきりしてくる。

ちなみに私は、学生時代に、「本を買うことに関しては金に糸目をつけない」というルールを自分で決めた。食費やアパート代などはケチったりもしたが、そうしてできたお金は全部本につぎ込んでいた。

それはすぐにお金になって回収できるわけではない。そもそもお金を回収しようともあまり考えなかった。本代と生活費をバランスよく使う人もいるだろうが、私は食費よりも書籍代の方が完全に上回っていた。

無形のものに金をつぎ込む

お金をどこに使うかによって、人生はすごく変わってくる。それは年齢を重ねるとさらにはっきりしてくる差だ。

コレクターと呼ばれるような人種も、極端なお金の使い方をする人だろう。普通の、人によっては質素なくらいの生活をしているのに、世界有数レベルのコレクションを持っているなどと聞くと、なかなか感動ものだ。

日本では、文学はお金と結びつけてはいけないようなムードが残っている。だがゲーテは、文学の教養を身につけるためには、お金の力をまったくは無視できないと言う。それはあながち嘘ではない。変にケチっている間に、自分を小さくまとめてしまうことがある。

日本の小説家でお金に無頓着《むとんちゃく》だったのは一時期の純文学の面々だけである。夏目漱石や谷崎潤一郎など、日本の文豪たちも結構お金にはうるさかった。

もしゲーテが、受け継いだ遺産や文筆で稼いだお金で城か何かを買っていたら、それは「お金を儲けたんだね」というだけのことである。無形のものにつぎ込めるかが肝心なのだ。小金が貯まってくると、それを自分のための資本に使うという勇気がなくなるものだ。ゲーテのように、飛ばす洒落のために財産をつぎ込むような精神的な余裕を見習いたい。

20　儀式の効用

宮廷生活は、音楽に似ている。めいめいが、拍子と休止を守らなければならない。
宮廷の人びとは、退屈のあまり死んでしまうにちがいない。もし、彼らが儀式によって時間をつぶすことができなければ。

全体のバランスを見ながら役割を果たす

これについては、私も何度も体験的に感じたことがある。社会生活には、自分が拍子を取るときと休むときのバランスが欠かせない。一人ひとりに役割が必要で、要するに競争だけが社会生活ではないと思ったのだ。

受験勉強で、大学に入るのは競争である。それぞれの役割があるということではなく、皆が同じことをやって、合否が分かれる。しかし、研究者が集まる大学という機関でさえ、私は「一種のサラリーマン生活的なところがあるんだな」と思ったものである。

研究は自分で勝手にやるわけだが、共同研究や助手などと一緒に複数でやっていくときには、ある人ができることはその人に任せて自分は口を出さないことが大事だ。非常に仕事ができるからといって、その人があちこちに口を出すと、要するに他の人の立場がなくなる。「拍子と休止を守らなければならない」というのは、出るところと休むところをわきまえることだ。それが礼儀作法であり、また社会的な効率のよさでもある。

私は対談やパネルディスカッションの仕事などもする。このとき、たまに対話をしないで、自分だけが一方的にしゃべる人というのがいる。しゃべることを拍子を取ると考えれば、その人はずっと拍子を打ち続けているわけだ。いっぽう、うなずいて聞いているその他の人は、時間のほとんどを休止状態でいなければいけない。

音楽でいえば、たとえば管弦楽五重奏で誰か一人がずっと演奏しているということはあり得ない。まず誰かがメロディを演奏して、次に他の楽器が演奏をする。オーケストラのシンバルは始終出番があるわけではないが、相当効果的に鳴らしている。そのように、役割をバランスよく回した方が演奏としても魅力的になるのである。

儀式を毛嫌いしない

「儀式によって時間をつぶさないと退屈のあまり死んでしまうにちがいない」という部分は、かなり皮肉が混じっているが、儀式は儀式で行う意味はあるのだ、とゲーテは言っている。

私自身、基本的には儀式は好きではない方だ。大した議題を持たない定例会議なども儀式だと考えれば、まどろっこしくて時間の無駄と思うこともしばしばだ。しかし、たとえば入学式や卒業式などまで「儀式なんてつぶしてしまえ！」と一切を排除していくと、案外、自分の中に何かの区切りをつけにくくなるのである。

儀式をなくすと、人は集まらなくてよいということになる。極端になると、「社会なんかなくていい」というのと同じだ。

古代の社会では、お祭り事、すなわち儀式が生活の中心になっていた。何月には必ず収穫のお祭りをするなど、むしろ儀式を重んじていた。現代の人にとってはそれがルーティーンのようで退屈に映るのだが、それで生きていることの退屈を紛《まぎ》らしている人がいるんだなと考えればよい。儀式をやめないというのは、これはこれで、ある種大人の見方だ。

人が集まると、何か一つの拍子がつく。能力があって忙しい人はあまり儀式にこだわらないだろうが、老年になってくれば、そういう社会的なパワーも衰えてくる。そうしたときに、むしろ儀式というものによって、生活にアクセントをつけていくということは悪くない。

拙著『会議革命』にも書いたが、私はクリエイティブな集まりを重視している。だが、どうしても自分にとって不毛だと思えるような集まりに巻き込まれてしまうこともある。そうしたときに、要するにこの儀式は一つの音楽なんだと思えば、「無駄な力を使わないですむ」とゲーテは言っているわけである。

また、同じメンバーで行う会議では、Aさんは発言を期待される役回り、Bさんはいつも話をそらす、Cさんは同調してばかりいる、いちばんエライDさんは今までのディスカッションを無にするような鶴の一声を言うなど、役割がはっきりしているものだ。それはそれで予定調和的な流れになって、大衆演劇として面白い。

ゲーテは非常にクリエイティブな人間だが、政治家でもあったので、君主を中心とした宮廷生活をしていた。宮廷生活というのは社交生活、つまりは社会生活である。儀式など不毛だとキリキリしていると、かえってストレスになる。だが、皆それぞれ、シンバルを打ったり、トライアングルを鳴らしたり、何かしなければいけないんだと思えば気が楽になる。

21　当たったら続ける

そこで、いったん、いい芝居やいいオペラの稽古《けいこ》をすませたら、それがどうにか客を寄せて劇場を満員にしているかぎり、短い間をおいて上演をつづければいい。（中略）観衆がそれに興味を示すかぎり、できるだけ繰り返してやる方がいいのだ。

勝ちのセオリー

勝っているときはやり方を変えない。これは勝負に勝つ鉄則だ。アレンジを加えてもかまわないが、自分の基本の勝ちパターンは動かさないというのが重要だ。

これは当たり前のことのように聞こえるが、実は「勝っているときはずっとそのやり方でいく」というスタイルは思いのほか難しい。勝っていることに不安を覚えてしまい、自分でゲームを崩してしまうことが少なくないのだ。「こんなについているわけはない」「自分がこんなにできるわけはない」と、プレー以前に精神が揺らぐ。こういう人は勝ち続けられない。

私もスポーツをやっていた経験があるのでよくわかる。自分の得意技で勝っているのに、このまま通用するのかどうか、自ら不安を覚えてしまう。あるいは、同じ技ばかりで自分が退屈になり、別の技だって自分は使えるんだとあれこれやっているうちに、得意技まで崩してしまう。

柔道の山下泰裕や吉田秀彦が内股だけで金メダルをとったときは、自然に内股がかかってしまう感じだった。組むと、タイミングよく内股がかかって、相手が倒れていく。もちろん彼らは他にも技は多彩にかけられるのだが、勝っているときは得意技で攻めるのが勝利のセオリーだ。

自分に飽きないのも才能

また、ゲーテは、勝つ上で重要なのは、それで勝ち続けられるかを見極めておくことだとも言っている。
「私は、長いあいだ実地にあたってきて、重要な事実を発見した。それは、芝居でもオペラでも、何年間かつづいてかなりの成功を収めることがはっきり見通せない以上、稽古をさせるべきではない、ということだ」

ゲーテという人物が面白いのは、芝居やオペラなどの原作や脚本を書くだけではなく、実地の指導もする。そのため、劇場が不入りであることについては非常に責任を感じるわけだ。不入りになるようではもうやる価値がない。莫大な力が浪費されるんだということが身にしみてわかっている。これは作家として、ものすごく鍛えられると思う。

普通は、せっかく莫大なエネルギーを費やして稽古をしても、二〜三カ月、ひどいものだと数週間で公演を終えてしまい、次に行ってしまうケースは多い。だがゲーテの言葉に従うなら、ある演目が当たっているのなら、変える必要はない。何でもかんでも新作をやればいいということではなく、同じものを何年でもやるべきだ。もしそうしたロングランの見通しがなければ、あるいは、ロングランをする気にならないようなものは、稽古さえすべきではないと徹底している。つまり、成功の見通しをまず立てよということだ。これはなかなか示唆深い。

たとえば、森光子の「放浪記」や、森繁久彌の「屋根の上のヴァイオリン弾き」は、記録的なロングランだ。当たったら続けるというのは、自分のやっていることに飽きないということでもある。一見、これだけしつこくやっていてよく飽きないなと思うが、飽きないというのがまた才能だ。

基本的に、二十年同じ演目をやっていたら、役者は台詞《せりふ》を間違えない。演技も何百回と繰り返してこなれ、安定してくる。演じている側は「今日も同じか」という意識に陥って、その安定感を観客が求めていることを見失いがちだが、自分で自分に飽きてしまうと、初めて見る人、あるいは繰り返し見るのが好きな人に満足を与えることはできないのである。

何より、長くやってくるほど台詞全体に対しての各人の要領がわかってきて、アドリブが効くのである。観客にしてみれば、ちょっとしたアレンジがあったときに、「今回はここを変えたな」とわかる面白さがある。

しかし、アドリブ中心のパフォーマンスは見るに堪《た》えないことが多い。骨格がなく、その場の勢いだけでやってしまうというのは観客の反応に寄りかかっているところがあるからだ。そういったものはコアなファンは楽しめるだろうが、初めての観客に対する意識が欠けているように思う。

漁場だと思ったらすべてをつぎ込む

芸術家に限らないが、クリエイティブに仕事をしようとする人間は、新しいものをつくりたいという意識が強い。二度同じことをやって「進歩がないな」と思われることが屈辱なのだ。これもできる、あれもできると言いたいのである。

しかし、本当にいいものをつくることができた場合は、この「力を誇示したい欲望」を抑えることも必要だ。あれこれ新しいヴァリエーションを見せても、実際はそれほどいいものではないケースもある。人から、あいつは凡庸《ぼんよう》だ、いつも同じことをやっていると言われることは、才能のある人ほど苦痛なものだが、批判に耐えるだけの神経の太さがほしいところだ。次々と新たな題材に手を出していって、せっかく見つけた大きな漁場を逃している人も多く見かける。

反対に、でかい漁場を見つけて徹底的にそこで仕事をしているタイプもいる。実は、仕事というものは、そのジャンルを細部まで知り尽くしている人の方が応用力も高いものである。どこをどうアレンジすれば新しくなるかを見通せているのである。

料理の世界でも、腕利きの料理人ほど、新しいアレンジで料理をつくれる。味や技というものを隅々までわかっているから、「ここと、ここを二つ三つ変えると十分新しさが出る」と発想が即座に浮かぶわけだ。十も二十も変えるのはもったいないと思うのである。

元・棒高跳びのアスリート、セルゲイ・ブブカは「世界記録更新の記録」を持っている。ブブカはあまりにも棒高跳びの世界において卓越しているので、どうやったら一センチぐらいずつ更新できるかが完璧にわかっていた。だから、実は一度に十センチも記録を書き換えられる力があったのに、わざわざ一センチずつ跳んだのである。

そのつど世界記録更新のニュースが世界を駆けめぐり、彼は自分の偉大さを世界に知らしめることができた。これはインタビューで読んだのだが、一センチずつ記録を伸ばしていくことを意識したと彼自身が言っている。

それは「飽きない」ということとは少し意味が違うが、漁場という感覚は同じだと思う。本来仕事というものは、これが漁場だと思ったらすべてをそこにつぎ込むことも大事なのだ。

徹底することのすごさ

漁場を見つけることの大切さは先に述べた。今度は、漁場を見つけた後にどうするかを考えてみる。

現代は、新しいものを次々世に出す人が才能豊かだと見なす社会だ。しかし、苗木を大樹に育て、ずっと大量の実を採り続けることも重要である。

たとえば、志村けんのバカ殿は何十年とあのギャグで人を喜ばせている。そもそもバカ殿というキャラクターは彼が発明したわけではない。堺正章もマチャアキと呼ばれていた若い時期にバカ殿をやっていたし、他にもいろいろな人が手をつけたギャグだ。しかし、それを徹底してこなし、おいしいところを自分の芸として確立してしまったのは志村けんだけである。今では、「バカ殿と言えば志村けん」と連想される。どんなビジネスでも、小さなアイディアを大きく育たせ、「その手があったか」と思わせることがある。すべてを自分が生み出す必要はない。徹底することにすごさが生まれる。

シャープの「液晶」などがそれだ。シャープはカシオに電卓競争で負けた。そこで液晶にすべてを懸けた。当たったとなったら、あらゆる液晶の技術で勝負し、いまや液晶はシャープの代名詞である。

サンヨーでは、シェアナンバーワンじゃないものは、「いつかこれがモノになるかもしれない」とは考えず、潔《いさぎよ》く切ってしまったという。そうして、ナンバーワンの分野により一層力を結集したので、力の差はさらに開くばかりだ。これこそますますシェアの独占率を安定させ、莫大な利益を生み出してくれるでかい幹なのだ。

魚の群れは再び戻ってくる

当たっているときに飽きたり、ふと魔が差して新しいことを手がけ、身を持ち崩すことは自戒しなければいけない。

「当たったら続ける」はゲーテのメッセージだが、私はさらに「当たったらつまらぬプライドなどは捨て、とことん続けることだ」と言っておこう。

マンガ家の本宮ひろ志は、それを意識的に実践している。対談をさせてもらった折《お》りに、「本宮さん、『サラリーマン金太郎』って『男一匹ガキ大将』のときからベースは何も変わっていませんよね」とふってみると、本宮は「それがポイントなんですよ」と明言した。一度大きく当たったら絶対に自分からその場所を動いてはいけない。世間という読者は何年かに一度必ず戻ってくるから、と言うのだ。

本宮は、画風も変わらない。主人公のヘアスタイルや顔立ちといい、口の中に滝が流れているような叫び方の描写といい、もはや、あれ以外の絵が想像できない。もしあの登場人物たちに似たマンガがあったら、本宮マンガのまねとしか思えないくらいイメージが定着しているのだ。

本宮によれば、漁場に魚がいなくなった苦しい時期もあったそうである。一回も当たったことがないものではどうしようもないが、当たったなと思ったら居座ることも大切だという。何年かに一度、途轍もなく大きな群れがめぐってくると信じ、そのパターンをブラッシュアップしていけばいい。

『男一匹ガキ大将』『俺の空』『サラリーマン金太郎』は、確かな鉱脈を見つけた軌跡そのものだ。骨格は変わっていないが、比べてみれば、今の方が込められている情報が新しい。絵もストーリーも習熟している。子どもしか楽しめなかったものが、今は大人でも楽しめるものに質が上がっているのである。

引き際の基準

ゲーテは「当たったら続ける」ことを勧めるいっぽうで、「作り上げた作品には執着しない」とも言っている。だが両者は決して矛盾するものではない。ある頂点を見た後ほど、引き際が大事だ。

『Sports Graphic Number ベスト・セレクションⅠ』に収録されている「普通の一

日」に、元マラソン選手の瀬古利彦が引き際を語った次のようなシーンがある。インタビュアーは沢木耕太郎だ。瀬古はヱスビーの監督に就任したばかり。瀬古自身がスカウトした選手たちとの練習中に沢木が立ち会い、聞いている。

当時、ヱスビーの陸上部は選手が八人しかおらず、うち一人は身体の不調で退部が決まっていた。駅伝には七人の選手が必要になるので、新人であっても駅伝に出られるくらいのレベルになってもらわなければ困る。

「『そうしないと、ぼくがカムバックするなんていうことになりかねない』

瀬古は笑いながら言う。

『走ろうと思えば、今でも走れるの？』

『走ろうと思えばね』

『どのくらいで？』

『マラソンで言えば、二時間十二、三分は出せるでしょうね』

『今でも？』

『今でも』

『それなら、もうしばらく走ればよかったのに。楽しみながら走るという走り方がないわけじゃないのだから』

私が言うと、瀬古は少し厳しい顔つきになって言った。

『それはぼくたちの考え方と違うんです。これまでずっとレースは命のやりとりと同じくらい真剣なものだと思ってやってきました。負けてもいいから出るという気にはなれなかったし、これからだってなれないにちがいありません。二時間十二、三分では走れる。でも、二時間六分の争いにはもう絶対に加われない。そうしたら、少なくともぼくは引退せざるをえないんです』


この言葉には、トップを目指して燃焼した者だけが持つ覚悟がある。瀬古のエピソードに見るような、自分の仕事を一層輝かせる〝引き際の基準〟を用意しておきたいものだ。

22　他人の評価を気にしない

君にうちあけておくのだが、これは、すぐにでもいろんなことに役に立って、生涯君のためになるはずだからね。私の作品は世にもてはやされるようなことはなかろう。そんなことを考えてみたり、そのために憂身《うきみ》をやつしたりする人間は間違っているよ。私の作品は大衆のために書いたものではなく、同じようなものを好んだり求めたり、同じような傾向をとろうとしているほんの一握りの人たちのためのものなのだ。

自分の大切な一人のために

「私の作品は世にもてはやされるようなことはなかろう」とゲーテは言う。もともと当ててやろうと思ってつくったものではない。自分自身の向上と、同じような傾向を持つ少数の人々のために書いたのだとエッカーマンに語っている。

もてはやされたいというのは、仕事を誰かに認めてもらいたいという気持ちだろう。考えてみれば、仕事を認められたい、褒められたいというのは、仕事が遊びになっていない証拠である。仕事だと思うと、成果を人に評価してもらわないといられない。だが、自分にとってそれをやることが遊びに近いものであると、もてはやされたり評価されなくても、好きなことをしているだけで満足できるものだ。「仕事が遊びになっている人は強い」と言われるのはそれである。

また、遠い大衆、たくさんのターゲットに向けて書いたものではなく、自分の目の前の大切な人に対して語るようにしたものが、逆に大衆に受け入れられていくということがある。

たとえばヒュー・ロフティングの「ドリトル先生」のシリーズは、そうした小さな愛情から生まれたものである。ロフティングは、ある事情で子どもと離れて暮らさなくてはいけなくなった。それでも自分の子どもに面白い話を聞かせたいという思いがあり、その物語を子どもたちも喜んだので、どんどんふくらみ、作品になったわけだ。

自分の子どもも相手に語り始めたことが世界中の子どもを喜ばせることになった。こういう例はわりに多い。ルイス・キャロルの『不思議の国のアリス』や、ネルーの『父が子に語る世界歴史』のシリーズもそうだ。『父が子に語る世界歴史』は、のちにインドの首相となったネルーが、刑務所の中からずっと娘に送り続けた手紙を集めたもので、それをまとめてみると、一つの歴史観を持った書物になった。

自分と非常に趣味が合っている人、レベルの合っている人など、ごく少数にわかってもらえればいいと思って表現を練っていくと、逆に大きな波として、大衆に受け入れられることもあるわけだ。

消費されない作品

そういった意味で、藤子・F・不二雄や赤塚不二夫ら数多《あまた》の才能を輩出したトキワ荘などは、狭い世界の濃密なグループ関係がよく作用した例かもしれない。彼らはもちろん、大衆をまったく意識しなかったわけではないだろうが、まず自分の仲間が面白いと言ってくれることが大事だという部分があった。最初はもてはやされなくても、最後は仲間が支えてくれていると思うと、精神的にいい状態になれるはずである。

中世の音楽家や画家と雇い主の関係にも、そうした構図を見ることができる。一人のパトロンが、ある芸術家の才能を気に入ってつくらせたものが後世に残り、現代の私たちを楽しませているのだ。一人のセンスのいい画商を満足させると大衆にも絵が売れる、編集者や妻の評価を意識した小説がヒットするというのはよく聞く話だ。ターゲットを定め、力をそこに集中することから意外にレベルが高いものができあがる。

確かに、密で小さな集団は、悪くすると自分たちだけの自己満足で終わってしまうこともある。だが、個々の才能がお互いを認め合い、切磋琢磨《せっさたくま》するために向き合ってやり続けると、そこに強い意志や高い志といったエネルギーが生まれる。それを養分として出てきたものは、いったん世に受け入れられれば、成果が大きい。

今のビジネス社会は、すぐにダイレクトに大衆に受けることを最優先事項におきがちである。だが、そればかりを意識すると、一瞬にして消費されてしまって終わりである。

冒頭のような言葉を残しているくらいだから、ゲーテのように孤高であっても、わかってもらえないことはやはりつらいという思いがあったのだろう。だからこそ、わかってもらえないことに対する折り合いのつけ方が大事だという見識はあったようだ。

だがゲーテが教えてくれた心の構えがあれば、功名心だけに頼らずとも仕事をやり続ける気にもなるものだ。

23　異質なものを呑み込む

国語の力とは、異質の要素を拒否することではなく、これを併呑《へいどん》することにある。

自国語よりも微妙なニュアンスをもつ、含蓄《がんちく》のある言葉が外国語にあっても、これを使ってはならぬというような、すべての否定的国語浄化論をわたしは排する。

カタカナ語の使い方

これは今の日本でもしばしば起きている議論である。

日本語を見直そうという動きが活発になるいっぽうで、カタカナ語を徹底的に嫌い、排除しようという意識も強まっている。

たとえば私は、プレッシャーという言葉をしばしば使うのだが、「日本語の本を出していているにもかかわらず〝プレッシャー〟という言葉を使うとは何事か、それは〝圧力〟と言い替えるべきではないか」と投書されたことがある。

他にも、ストレスやアイデンティティ、サービスなど、もはや日本語に直す方がかえって意味が取りにくくなるカタカナ語はたくさんある。ニュアンスという言葉はフランス語だが、「極めて曖昧《あいまい》で微妙な違い」と説明するより、よほど日本語としてなじんでいると思う。しかし、カタカナ語を使うことに潔癖なまでの嫌悪感を持っている人は、そうは考えない。それらを使わなくなれば国語が浄化されて質が高くなると、もっと単純に思っているようである。

そうした「国語浄化論」において、基本的に優れた外国の言葉があれば、それを取り入れた方が自国語は豊かになるというスタンスに立っていたのがゲーテである。もちろんゲーテはやたらと使えと言っているわけではないが、無理に自国語で言い替えるより、もっと適切な意味を持っている外国語があればそれを使わない手はないと言うのだ。

ＭＢＡを取得したビジネスマンがやたらと英語まじりで話したり、広告のプレゼンテーションやコピーのような上滑りのカタカナ使いは確かに心に届かず、不快なものだが、「何が何でも日本語で」というのは、むしろ窮屈《きゅうくつ》な感じを受ける。

日本語はタフな言語

そもそも現在の日本語の成り立ちからして、ゲーテの言う肯定的国語浄化論に近いのだということを思い出してほしい。

日本語というのは非常にタフな言語である。中国語という外国語の巨大な波をそのまま受け入れて、大和言葉というもともとの自国語とまぜ合わせ、今日の日本語をつくり出したのである。

たとえば、「読書」というような音読みの漢字の熟語は、大和言葉にはないものである。基礎は中国語にある。しかし今私たちが普通に使う日本語においては重要な部分を占めている。もはや音読みする漢語の熟語を一切払拭《ふっしょく》した日本語というのはあり得ない。

文字にしても、そもそも日本語にはなかったものだ。漢字を当て字として取り入れ、そこから、ひらがな、カタカナといった今の日本語表記がつくられてきたのである。

その巨大な呑み込みの作業を、仏教伝来から考えると千五百年ぐらいの年月をかけて日本人はやり続けてきた。これらすべてが今の日本語の力となっている。呑み込む力の凄《すさ》まじさと豊潤《ほうじゅん》な精神性を、私たちは誇りとすべきなのではないかと思う。もし今、日本語ではないものを片っ端から外していったら、大和言葉だけの時代に戻らなければいけない。それでは、社会が進化するだろうか。

実は中国語のみならず、現代の日本語には西洋の思想からきた言葉も、それを翻訳して取り入れられている。私たちが日頃当たり前に使っている「社会」や「哲学」「幸福」という言葉も、本来は日本語にはなかったものだ。福沢諭吉ら明治の知識人たちが、西洋の概念に対応する日本語を編み出し、おき換えたのである。「哲学」は西周《にしあまね》による訳語、「社会」は福地桜痴《ふくちおうち》による訳語だ。もともとの日本語にはなかった言葉だから、使われ始めた当初は相当不自然だったはずだ。

しかし、幸い日本語にはカタカナがある。中国語のようにすべて漢字で表記しなくてもすむ。そういう意味では日本語は非常に便利だし、言葉を呑み込みやすいシステムを持っているわけだ。

肯定的に「らしさ」をつくる

何かを構築するときには、異質なものを徹底的に否定し排除していくやり方と、いいものであれば異質なものでもどんどん呑み込んでいってしまうやり方の二つがある。前者の方が一見純粋さを保てるように思えるが、それで浄化はできても、本質は痩せ細ってしまうことも多い。

たとえば、「自分探し」というアイデンティティの確立においても似たようなことが言える。これも自分じゃない、あれも本当の自分じゃない……と切り捨てていくと、最後には自分がなくなってしまう。むしろ、これもあれもとさまざまな面が束《たば》になっていて、そのすべてが自分なのだと考える方が、個性はずっと豊かになる。

ところで、ゲーテの浄化論は言語に限ったことではなく、他のことにも応用が利《き》く。たとえば、「何々らしさ」というものを色濃く見せていく場合に、さまざまなものを切り捨てることで強調するというのは非常に息苦しい印象を受ける。いろいろなものを呑み込み、肯定的な形で「らしさ」をつくり出す方が、精神性に余裕が出る。

ところが現代は、非常に否定的な浄化論者が多いように私は感じる。何かを肯定し賛美するために、同質でなければ、同じ方向性をもった似たようなものでさえ否定していかなければ気がすまないというヒステリックさが潜《ひそ》んでいるように思う。それは過激派の内ゲバの争いを見るようである。端《はた》から見ると似たりよったりだが、本人たちは近くにいるものを徹底批判することで自分たちの正当性を築き上げる。これなどは典型的な否定浄化論である。

そういうものの見方は非常に狭い。極端に走ると、国粋主義的な発想になってしまう。「これは日本だけのものですね」「日本人でなければわからないことでしょう」などという発言には、優越感に似た貧しい精神性を感じるのである。

私の提言する「3・2・15の丹田《たんでん》呼吸法」についても、「こういう丹田呼吸法は日本にしかないものでしょうか」とよく質問される。「日本独特のものです」という答えを期待しているのかもしれないが、私はあっさり、「いや、秒数は私が設定しましたが、丹田呼吸法自体は、もともとはインドや中国のものです」と言ってしまう。夢を壊すようで申し訳ないが、それが真実だ。

「日本特有の」というブランドより、世界の優れたものを積極的に受け入れて、自分たちなりに変形してものにしているのが日本である。その開かれた姿勢こそが、これからの私たちにとっても必要なものである。

24　邪魔の効用

私たちはこの訳に一年以上没頭しているが、その間に数えきれぬほどの邪魔が入り、計画はまったく嫌になるほどしょっちゅう中断されて、心中ひそかに、どうともなれと思ったこともしばしばあった。だが今では、それらすべての邪魔をありがたいと思う気になっている。それというのも、仕事がとどこおっている間にほかのすぐれた人たちのもとでいろいろ検討され、それがまったく好都合なことに私のいっさいの理解をいっそううながして、一年前には考えられなかったろうが、もうすぐ仕事も完成しようとしている。これと同じようなことが私の生涯にはしばしばおこったよ。

壁に突き当たると新しい道が見える

考えてみれば、仕事には邪魔がつきものである。ゲーテ自身にも邪魔によって仕事を中断された経験があり、やはりそれは集中を途切らされることだと言っている。翻訳の仕事などは特に、一気にやってしまいたいものだからだ。

だがゲーテは、そうした過去の経験を踏まえた上で、実は「邪魔」にもプラス面があるのだとユニークな意見を述べている。

邪魔の効用の一つは、中断されたことによって、仕事の質が高まることがあるということだ。これは私自身も経験的に感じている。

たとえば、途中まで立ち上げた企画で、すでに世の中に似たようなものがあったとする。さんざん考え抜いた後でそれが発覚すると、今までの労力や時間はすべて無駄だったのかとさすがに落ち込む。ビジネスマンなら、こうしたトラブルはつきものだろう。私自身も、すでに何百とさまざまなトラブルに見舞われ、苦い思いを味わった。

だが、その時点で企画を投げてしまうと本当に無駄になってしまう。ここで大切なのは、絶対に投げないと決めておくことだ。

振り返ってみると、私は今まで壁に突き当たってそれで終わったということがあまりない。ライバルや競合相手と差別化できるポイントは何だろうかと再び真剣に考える。そうして徹底的に考え抜くと、新しい道が見えてくることが往々にしてある。

それはなぜか。考える時間が増えることで理解が深まる。新しいアイディアが生まれるのは大抵何かトラブルに見舞われたときだ。現実の障害が刺激となって脳がフル回転し、最終的に劇的な変化へとつながるのだと思う。

つまり、仕事上起きた不都合な邪魔は、より高次の次元にいたる原動力だとも言える。正・反・合の弁証法のようなものだ。実際、邪魔を邪魔と思わず、もっといいものを生み出すチャンスなのだと考えるとストレスが少ない。仕事には邪魔が入るもの、トラブルが起きるもの。そういう心づもりでいればいい。

よくスポーツ選手が言うことだが、記録は練習では出せない。火事場の馬鹿力ではないが、本番にならないと力が発揮できないらしい。脳や筋肉というのは、普段適当にさぼっている。だが、何か不測の事態が起こると、それを乗り越えようとして一気に働き出したりする。それと同じようなことかもしれない。

また、本領を発揮するという意味では、絶好調のときより、いまひとつ調子が悪いときの方が結果がいいということもある。

野球のピッチャーでも、あまり調子のよくないときに完封できたりすると聞く。身体の一部の具合が悪いとむしろ感覚は鋭敏になり、プレーも繊細になる。結果、丁寧なピッチングになる。障害が意識を明敏にすることはよくあることなのだ。

寝かせることの有意性

仕事に邪魔が入る場合と入らない場合をイメージで考えてみると、邪魔が入らず仕事がスムーズに進んでいくさまは、さしずめまっすぐな階段をどんどん昇っていく感覚だろう。反対に、邪魔が入って回り道をするのは、螺旋《らせん》階段を上がっていく感じに近い。アイディアが層になって、積み重なっていく。この螺旋状態を別の言葉で言えば、「アイディアを寝かせる」ということになるかもしれない。

ゲーテは、先の発言をした当時、『植物の変態』の翻訳を手がけていた。しばしば邪魔が入り、ゲーテは一年以上かけてやっと完成間近となったと言っている。だがこの言葉には、寝かせることの利点が含まれている。

考え詰めて行き詰まったときには、一回寝かせてから再度取りかかるようにするといい。他のものをあれこれめぐってきた後に初めて見えるものもあるからだ。イギリス生まれの論理学者、数学者、哲学者で、ノーベル文学賞も受賞したバートランド・ラッセルも、「考え詰めたら一回地下に行け」という意味の言葉を残している。地下に行けというのは、アイディアを寝かせろということと同義語だ。

ところでゲーテは、自分の生涯にも数々の邪魔はあったけれど、「そういう場合には、より高次な作用を、そして、デモーニッシュなものを信じるようになり、あえてそれ以上穿《せん》さくせずに、それを崇拝するものだね」と、そのとき生まれたものを尊重すると言っている。

この場合の「デモーニッシュなもの」とは、自分でも思いがけないようなものという意味である。もしスムーズに仕事を進めていれば、普通は、自分ではすでに想像がついているものや当初予定していたようなものができあがるが、もしそこに障害が降りかかってくると、まったく別のものに仕上がってしまうこともあり得るわけだ。

たとえば、拙著『からだを揺さぶる英語入門』を例に取ってみよう。これは、シェークスピアやマザーグース、イーグルスの「ホテル・カリフォルニア」の歌詞、リンカーンの演説など英語の名文を集めた本で、もともとは『声に出して読みたい日本語』の英語版というコンセプトだった。しかし本の詰めの段階になって、私は非常に苦戦を強いられた。

それというのも、そのときちょうど『声に出して読みたい日本語』の英語版としか言えない形式の本が出版されたのである。これはショックだった。完成間近だと景気づけするつもりが、暗い席になってしまった。その本を前にして編集者も私もさすがにため息をついて黙り込んでしまった。

そこでいたし方なく原点に戻った。なぜ私が英語の本を出す意味、資格があるのか、オリジナリティは何なのか、と考えた。そこで私が思いついたのは、身体を揺さぶって、日本語の身体から英語の身体へ「身体のモードチェンジ」をしようという提言である。

考えてみると、英語の専門家ではない私が、『声に出して読みたい日本語』の英語版をつくる必要はあまりない。しかし、そういった邪魔が入らなければ、ストレートに英語の名文を集めて本をつくってしまったと思う。邪魔のおかげで、読むにしても話すにしても、英語をやるには英語の身体が必要だということに思いいたった。そこでやっと私の専門である身体論と英語とを結びつけることができ、より本質に到達することができたわけだ。

これは、まさに邪魔の効用であった。

正直に言うなら、結果としては「それで爆発的に売れた」と胸を張って言えるほどの部数には届かなかった。「からだを揺さぶる英語」というのが、行きすぎだったのだろうか。そういう意味で、あれはまさにデモーニッシュなもの、悪魔の囁《ささや》きだったのかもしれないと苦笑するばかりだ。

よい邪魔、無意味な邪魔

もっとも、私はどんな邪魔でも肯定せよと言うつもりはない。司法試験を受ける、MBAを取るなどは、おそらく邪魔を徹底的に排除し、生活を完璧に一面化して集中した方が目標達成は早い。

私自身も、邪魔をされたら仕事ができないと思っていた時期もある。大学院の頃はそれこそ十時間以上、一切、人に邪魔されないようにしないと研究ができないと思っていたほどだ。

だから、デモーニッシュなもののない凡庸な邪魔を鬱陶《うっとう》しいと感じることは理解できる。小説家や画家のような仕事なら、どこか外国にでも行って孤独に仕事をしてもすむかもしれない。しかし現実には、仕事というものは人のつくり出す邪魔も含めて、「人の縁《えん》」でできていく部分もある。複合的なものなのだ。ある仕事においては邪魔になった人と、別の仕事を一緒にすることになったということは意外に多い。

たとえば、仕事の関係からマージャン仲間や釣り仲間に発展させていくケースもある。そうした人たちは、人と遊びながら仕事の話もし、切っても切れない濃い人間関係を培《つちか》っている。そうなってくると、そこがいわば仕事の母体のようになるわけだ。

そのように、一般的な仕事のほとんどは、流れの中で生まれてくる。邪魔から生まれるものを全部切り捨ててしまうと、停滞してしまうこともある。

また私は、子どもを持つ前は、子どもが生まれるとうるさくて仕事ができないに違いないと思い込んでいた。ところが現実には、子どもができたことによって私は格段に仕事をするようになった。実際、今は子どもどころかありとあらゆる邪魔が入るが、あの頃の私よりずっと仕事ができている。

もちろん、たとえば全部の仕事時間のうちの二時間は仕事場に独りで籠《こ》もってドアを開けない、電話にも出ないというようなシャットアウトの仕方はいいと思う。だが、四六時中自分独りでいないと仕事ができないという人は、未熟だと考える方が正解だ。

もっとも、女性と男性では邪魔の感じ方もずいぶん違うようである。たとえば女性は、仕事の最中に話しかけられても片手間で会話ができるし、おしゃべりをしているときにぽんぽん話題が飛んでも平気なようだ。だが男は、AがB、さらにBがCというふうに論理がいちいち帰着していかないと混乱する。それは男の不自由さでもあるが、数学者に男が多いのはそのせいだろう。だが、岡潔のような、日本を代表する天才的な数学者は、文学を始めいろいろなことが頭の中で渦巻き、アイディアの源として活用していたらしい。

仕事の納期という考え方

邪魔というリスクに対抗する方法。それは、自分の仕事に「納期」を課すことである。しかもできれば「前倒し」にする。期限を早めていくのだ。

特に意識の集中を妨げる邪魔が入らないよう、完成までの時期を短めに詰めてしまうことは非常に有効だ。長引けば長引くほど邪魔が入る確率が高まる。仕事を後回しにしていたらよくできたという話は聞いたことがない。

邪魔が入るのは、実は相手や状況のせいだけではない。自分自身の問題ということも多い。たとえば、新しくやりたい仕事ができて、そのとき手をつけている仕事への興味が薄れてきてしまうということはめずらしくない。

落ち着いて考えれば、本当にやりたい仕事は放っておいてもやるものだ。気持ちはやりたい方を優先してしまいやすい。まずはやりたい仕事の方を片づけてしまおうと思うわけだ。だが、ある企画を中途半端に残したまま新しいものを始めてしまうと、その仕事をやり終わったときには、前の企画に対しての興味を完全に失っているのが普通である。

つまり、やろうと思ったときにすばやく終わらせてしまうのがベストである。企画が立ったときがいちばんノリがいい。そのときにたとえば「向こう三カ月でつくる」と、決めてしまうことである。

どの業界でも納期を守る業者は信用が高く大切にされる。私も、納期という考え方を取り入れてから仕事がしっかりした。私の仕事で言えば、締切などがそれである。「納期（締切）を守る」ことを習慣にしていったおかげで、能力もだいぶ鍛えられた。

V　燃焼する

25　現在というものに一切を賭ける

私は、一枚のカルタに大枚のお金を賭けるように、現在というものに一切を賭けたのだ。そして、その現在を誇張なしにできるだけ高めようとしたのさ。

一気呵成《いっきかせい》にすべてをつぎ込む

これは、ゲーテの多様性を納得させる上で非常に重要だとエッカーマンが指摘している部分である。ゲーテは、実に多方面の学識を備えた人物だ。地形、岩石、植物、気象、光などの自然科学から、政治や経済、産業という方面、詩、美術、建築、演劇などの芸術方面まで、一人の人間の所業《しょぎょう》とは思えない多面性である。

なぜそんなことを成し得たかといえば、ゲーテは創作について、一気呵成にすべてをつぎ込むという態度を取るからである。

同じ人間であればだいたいいつも似たようなことを考えているものだ。ある人間が時間をかけてやれば、物事を断定したがる、中庸《ちゅうよう》を重んじるなど、個々の性質がどうしても顔をのぞかせる。瞬間的にはこれまでにないスタイルを取ったアイディアが浮かんでも、結局はその人本来のキャラクターによって軌道修正されるので、結果にあまり違いは生まれてこない。つまり物事を長引かせるほど、似たようなものになる。

だが、ある瞬間、情熱に嵌り込んだという状態になったときに一気にやってしまうと、その気分ごとに違う仕事ができていくわけである。ゲーテの場合、「一枚のカルタに大枚のお金を賭けるように」熱く取り組んでしまうから、その気分次第で、それまでとは違う作品、違う詩ができていくというわけである。

また、「一枚のカルタに大枚のお金を賭けるように」というのも、心意気を示す表現としてなかなか面白い。

ゲーテが「マリーエンバート悲歌」という詩を書いたときのエピソードを見てみよう。

「この詩を書いたのは、マリーエンバートを発った直後のことで、まだ体験のなまなましい感情がいっぱいに残っているときのことだった。朝の八時に、最初の宿駅で第一節を書いた。それから馬車のなかで、さらに詩作を続けた。そうやって頭のなかでまとめたものを宿駅へ着くごとに書きおろしていったものだから、夕方にはもう出来上り、紙の上に書きあげられていた」

そのスピードたるや、一編の詩を半日で仕上げてしまったのだから、舌を巻く。この詩を貫いているのは「精神の倫理的な高さによって和らげられた、燃えんばかりに若々しい恋の情熱」だとエッカーマンは述べている。だがゲーテ自身は、「あの状態にとらえられていたときは、世界中の何と引きかえにしてでも、あの状態を失いたくないと思ったけれど、今ではもう、どんなことがあっても二度とあの状態にはなりたくないね」と振り返っているほどだ。

要するに、その情熱的な状態に常に浸っていては、身が持たない。だが、せっかくその沸き立つような感情に久しぶりに浸ったのだから、ここで一つ、心の写真を撮っておこうというわけだ。

一瞬の情熱を結実させる

考えてみれば、私たちもこうした一瞬の情熱にとらえられることがあるものだ。そのときに、その情熱というものが過ぎ去らないうちに紙に書いておくなり、写真を撮っておくなり、何か形にしておくことが大事だ。

「五番街のマリーへ」という歌が誕生したいきさつも、作詞家の阿久悠と作曲家の都倉俊一、二人の一瞬の情熱が関わっていた。

「五番街のマリーへ」は、〝日本一周・ろまんの船〟という船旅中に生まれた曲だ。阿久と都倉のコンビは、「ジョニーへの伝言」という作品をすでにヒットさせていて、そのために次の曲も二人で組んでつくるよう依頼されていた。

「ぼくは、都倉俊一と相談して、ろまんの船に乗っている間に、ペドロ&カプリシャスの『ジョニーへの伝言』につづく作品を作ることにしていた。

前作の無国籍の気分が、いい評価につながっていることもあって、今度も無国籍の抒情《じょじょう》を考えていた。そのためには、船の上の非常口の感覚と、一種劇的な昂揚《こうよう》は、これ以上はない環境をぼくらに与え、あまり苦労することもなく、『五番街のマリーへ』というのができた。

月の照る日本海を、ろまんの船、さくら丸は北上し、都倉俊一が、サロンのグランド・ピアノで、できたばかりの曲を弾いて歌った。そのうち、何十人かの女性もピアノを囲むようにして集まり、何度目かには、全員そろっての大合唱になった。

生まれたての曲を、大勢で大合唱したというのは、それが初めてである」(『夢を食った男たち』阿久悠著)

船には無国籍の旅情がある。そこで旅や流浪の抒情を歌にしようというのは気分にフィットしている。その高揚感の中で一気に思いついた曲を、船の上の人が大合唱したという。これは、まさに情熱的な感情にとらえられたシチュエーションだ。そのとき一息に作品にまでしてしまうと、情熱は結実して、もう後戻りはしないわけだ。

ゲーテの場合も、移動中であるにもかかわらず、情熱が残っているうちに形にしている。そうやってできた詩や絵は、あとから振り返ってみれば、やはり情熱が一つに固まったようなものになっている。

日本では、俳句が一瞬に大枚を賭けている典型だ。「古池や　蛙飛びこむ　水の音」なども、あっと思った瞬間のことを言葉にしている。もちろん、「言葉をどう換えてみたらあの瞬間に近づくだろうか」と練るのには時間をかけることもあるが、一瞬の気づきがないと、俳句としては面白くないものなのだ。

俳句と旅はセットになりやすい。それはやはり、「ここを訪れることは、生涯もうないかもしれない」と思う緊張感が、ちょうど大枚のお金を賭ける感じと似ているのだろう。芭蕉の「五月雨の　降り残してや　光堂」なども、芭蕉が今生《こんじょう》見納めの情景を表した句かと思えばぐっとくる。

ゲーテが書きつけたのは恋の激情だが、日本には、そこはかとない気持ちを形にする俳句という伝統がある。写真でもいいのだが、言葉にするのが一番いい。言葉にするには自分が深く関わらなくてはいけないからだ。また、詩はつくれない人でも、五七五のリズムは自然に出てくるので、巧拙《こうせつ》さえ問わなければ、俳句は比較的誰でもつくることができる。

「何かに心を奪われる瞬間」を技化する

モーツァルトは、澄み切った青空のようなフルートの協奏曲などをつくるいっぽう、非常にデモーニッシュな、交響曲で言うと二十五番や四十番、ピアノ協奏曲で言うと二十番などの曲もつくっている。それがモーツァルトの多面的な才能の一つの証明だ。

ゲーテにも、「魔王」という詩があり、シューベルトがつけた曲とともに私の中では非常に怖いものとして記憶されている。そういうデモーニッシュなもの、悪魔的なものにとらえられたときには、その気分を大事にせよということである。

たとえば、日頃から精神的に安定しているというのはすばらしいことだが、そういう人物が、ときにこうしたデモーニッシュな部分を見せると、人はその人の奥深さを垣間見たような気がするものだ。普段は明るい好青年が、シュールな「ムンクが好き」、退廃的な「クリムトが好き」と言うと、にわかに不思議な魅力が増してくる。

詩なり俳句なり何かをつくれなくても、意外なものが好きだというだけで違うのである。クリムトの絵に心をとらわれている自分の時間を持つなど、心を惹かれる対象をいろいろ持っていることで、多様性が身についてくる。

ゲーテは、「何かに心を奪われる瞬間」を技化していた。女性に関してもあまりにも強く心を奪われた。しかし、その情熱の冷めかたも半端ではない。そういう多面性は女性から反感を買うこと必至だが、それがゲーテの数々の恋愛作品を生みだしたことも事実である。

26　計り知れないものが面白い

『ファウスト』にはとてつもなくはかり知れないようなところがある。悟性《ごせい》を武器にしていくらあれに近づこうとしても、無駄な話だよ。

理性で割り切れないものが面白い

ゲーテが自らの作品『ファウスト』を指して言った言葉だが、これは非常に面白い。『ファウスト』という物語には、A＋B＝Cという数式的な現実の悟性を突き崩してしまうところがある。たとえば、ファウスト博士はグレートヒェンに身も心も捧げると誓いながら結局彼女を捨てる。にもかかわらず、博士は、自分が捨てたグレートヒエンの悲劇に思いを馳せて苦悩する。何より、ファウストと悪魔メフィストフェレスという二つの魂の葛藤がこの物語には託されているのである。

要するに、ゲーテ自身にとっても扱いに困るような矛盾や相反を孕《はら》んだものがあるというわけだ。確かにこの小説は、悪魔との契約の場面など、半分夢の中に引きずり込まれるかのように感じられるところが魅力になっている。

夢の中の自分は、物事を真っ当に考えて振る舞っているつもりでいて、実際は呑み込まれてしまっているものだ。目が覚めてから思い返すと、「なぜこんなことを信じたんだろう」「なぜあんなことが起こったんだろう」と矛盾だらけなのだが、夢の中では不思議とリアリティを感じてしまう。

夢に限らず、自然現象や自然のなせる事柄には、どこか割り切れないところがあるものだ。この釈然としない感覚、命をもって動いているかのようなつかみにくさが、実は人の心を惹きつける大きなコツなのである。

なぜなら、人間という存在自体に、計り知れないものがあるからだ。自分のことを振り返っても、「なぜあのときああいう表情をしてしまったのか」「どうしてあんなことを言ってしまったのか」など、二重人格者でもないのに、頭の中で別の思いや言葉が勝手にパーンとはじけるときがある。その摩訶不思議さを人間は持っている。

だが残念なことに、作品にしたときには、そういう計り知れなさが消えてしまうことが多いのだ。

これは恋愛においても言えるコツだと私は思う。「こういう人だとわかったから好きになる」というよりは、「この人には何か計り知れないところがあるな」と思ったときに相手にグググッとのめり込んでしまうものだ。

ゲーテはここまで明言しているわけではないのだが、私にはそう聞こえてならない。

思考を飛躍させるためのコツ

いっぽう、計算や思考で理路整然とつくり上げた芸術は、一見よくできているようでいて、どこか物足りないものだ。人の心をつかむ力強さに欠けている。

推理小説では、ある程度伏線がしっかりしていて読者を納得させる論拠が必要だが、文学においては、全部が段取りよく進むとつまらない。「え?」と思うような意外性やギャップがあるほうが文学的である。どこか計り知れないもの。それが文学に求めるものと推理小説に求めるものの違いだろう。

『ファウスト』は、ゲーテ自身にとっても、あるいは読む人にとっても計り知れないようなところがあるというつくり方をした。これが魅力あるものを提示するときのコツである。

たとえば、商品のコマーシャルなども、魅力的でインパクトのあるものは、発想に計り知れないものを感じる。たとえば、「アミノ式」という清涼飲料水は、ＣＦで「♪燃焼系、燃焼系」と歌うが、あれは、あの歌をつくった人が言葉と一緒に曲もつくったのだそうだ。なぜ燃焼系であのメロディになるのか、つくった本人にも説明がつかないだろう。だが、聞いた方は不思議に惹きつけられる。

これはもちろん、実際的に考えたことの成果である。実際的に考えていたから、ポーンと思考が飛躍する瞬間がある。

コピーライトの対象は、常に具体的だ。哲学的に「生きるとは何か」というような問いとは違う。紙にいろいろ書きつけたり比べてみて、それからまた思考を寝かせたりする。その先にふっと、電車に乗っているときや歩いているときなどに、「あっ、これだ！」とひらめくものだと思う。

27　感情を生き生きと羽ばたかせよ

やたらに定義したところで何になるものか！　状況に対する生きいきした感情と、それを表現する能力こそ、まさに詩人をつくるのだよ。

マニュアル人間とマーケティング主義ばかり

この二十年ぐらい、日本では、とりわけビジネスの世界においてアメリカ社会のメソッドやマニュアルといったものを鵜呑《うの》みにしている傾向がある。マクドナルドやケンタッキー・フライド・チキンは、マニュアル偏重で成功したビジネスサンプルだ。

確かに、マニュアルがしっかりしていれば、ある仕事を誰でも初日からきちんとこなせる。だが一年勤めても、そこで新しい仕事を自分からつくり出すことはできない。何年やっても能力は更新されず、ほぼ同じ能力のままである。これがマニュアルに頼り過ぎることの弊害である。

これは教育においても言える。元来、日本の教育というのは、日本人が日本的な風土や文化、気質から創意工夫を凝《こ》らしてつくり上げたやり方で成功してきた。気がついてみたら、それによって初等教育、小学校教育で世界のトップレベルになっていたというのが現実だ。

外国の教育スタイルを研究して法則性を導き出し、メソッドとして成功させた例はむしろ少ない。欧米でうまくいった方法だからと、そのまま現場に持ってこようとしても面白いほど根づかないのである。子どものレスポンスがよく見えていて的確な判断で使いこなすなら効果もあるかもしれないが、使う側にライブ感覚がないと、やはりメソッドやマニュアルは生きてこないものなのである。

七十年代に創刊した「アンアン」「ノンノ」や「ポパイ」という雑誌は、巷《ちまた》に「アンノン族」や「ポパイボーイ」を生んだ。間違えてはいけないが、アンノン族やポパイボーイがいたから雑誌をつくったのではない。雑誌をつくったら、そういうタイプが出てきたのである。市場調査をしたところで、創刊前にはわからなかったはずだ。

しかし今は何を始めるのでも、「まず市場調査してから」となる。マーケティングが優先される。本来は、今どれぐらいの売れ行きだから、どのぐらい増産しましょうというのでは後手に回る。最初から「これを売るのだ」という前提で動くことが大事なのだ。

そのためには、それが本当に売れるタマなのかを見極めなくてはいけない。その判断をする上で、生き生きした感情のあるなしはとても重要なのである。「これで行きましょう！」という確信は、市場調査からは決して浮かび上がらないものだからだ。

現在はグローバルな発展を遂げている企業も、ビジネスの課題や状況に対して、そのつど生き生きとした感覚で向かうことを重ねてきた。その結果、現在は世界のトップに立つことができている。反対に、状況に対して組織として無自覚で、感情を表現していく実際的な手段を何も持とうとしなかった銀行などは、完全に腐敗している。

論理ではなく、生き生きとした感情を

仕事の本質を考えてみたとき、いちばん意義のある仕事とは何かを生み出す仕事で

ある。新しく自分が生み出した何かによって、たとえば向こう何カ月間の利潤が出る。他の人の新しい仕事にもつながる。あるいは、誰かにいい効果をもたらす。つまり、本当の意味での仕事とは、人から割り当てられた労働以外のものである。ここでは「詩人」にたとえられているが、ビジネスの世界でも詩作と同じように、アイディアなどの創造性が大事なのだ。

アイディアは、実は論理的思考からだけでは生むことが難しい。「必要は発明の母」という言葉もあるように、「こういう需要がある」という論理ではなく、「この不自由さを何とかしよう」といった感情によって発見していくものだ。

また、そうした現実に根ざした感覚は、ピンチをなんとかチャンスにしようとする強さも持ち合わせている。

たとえば、一連のいわゆる狂牛病騒ぎや鳥インフルエンザで、大手外食チェーンはただ手をこまねいていたわけではない。別メニューを充実させるなどの方法で、それぞれ切り抜けたはずである。

人間というのは面白いもので、追い込まれると考えが湧く。行き詰まったときに新しいものを生み出す。さらにそうして絞り出したアイディアが、次の時代の主力商品になっていくというのは、本当によくあるケースだ。

感覚を重視すると、決断が速いということもいい点だ。勝ち組経営者で、調査の数値を待ってから決めようという人は、あまりいない。いい会社をつくっている経営者は、アンテナをビンビン張っている。だから、「それはいいですね」「それはちょっとどうでしょうか」など、新しい企画や商品に対して常に生き生きとした感情が働き、動き出すことができる。

いっぽうでは、こういう感覚が全然ない仕事ぶりの人間、組織もある。状況に反応できず、その組織にいることによって個人としても生き生きと動くことがまるでできない。そうした職場は雰囲気からして重い。

そういう職場ほど、「前例がない」などのマニュアル判断で事なきを得ようとする。一見、論理的思考に則《のっと》っているようだが、こういう反応こそ、逆境に弱い。

28　詩的に考える

散文を書くには、何か言うべきことをもっていなければならない。しかし、何も言うべきことをもっていない者でも、詩句や韻《いん》ならつくれるよ。詩の場合には、言葉が言葉を呼んで、最後に何かしら出来あがるものさ。それが実は何でもなくても、何か曰《いわ》くがありそうに見えるのだ。

論理的思考を封印してみる

『ゲーテとの対話』を見ればわかるように、ゲーテは論理的に話すことが非常に得意だ。また、『若きヴェルテルの悩み』のように小説を書かせても、ストーリー性がはっきりしていて日本人にもわかりやすい。

それと同時にゲーテは、歴史に残る世界の大詩人でもある。もっとも詩については、日本語に訳してもドイツ語の語感そのものを直接味わうことがむずかしいため、「詩人としてのゲーテ」という面はいまひとつ伝わり切っていないようだ。

しかし私は、この散文的な表現と詩の表現の両方を区別して使い分けることができるのが、ゲーテの一つの強みだと思う。

たとえば、論理的かつ緻密に話すことはできても、ときにはポーンと思考を飛躍させることができないと、アイディアや発想は面白くならない。私たちはよく、「頭のよさ」を「論理的である」ことに結びつける。だがゲーテの場合は、非常に論理力が優れているのにもかかわらず、あえてそれを封印して連想に任せることもしている。詩を書くときに、言葉の連想でジャンプしていくやり方を意識しているのだ。

たとえば、『ファウスト』の第二部で、ファウストが花咲く野原に横たわり、治癒《ちゆ》の眠りを求めている場面にある詩はこのようなものだ。

花々が春の雨のように
すべてのものの上に漂い落ち、

野の緑の祝福が
地上の子らの上に輝くと、
小さな妖精の広やかな心は、
救うことのできる人のもとへ急ぐ。
浄《きよ》らかな人にせよ、邪《よこしま》な人にせよ、
不幸な人々を妖精は憐《あわれ》むのだ。

実際に書くかどうかは別として、この両方を武器としてイメージしてみればいい。「自分は今、散文のように考えているな」「今は詩的に話しているな」というように自由自在に使いこなせると、シチュエーションに合わせて適切な思考が都合よく引き出せるわけだ。この切り替えをマスターできると、日常が楽しく、充実する。

意味不明を楽しむ

おそらく読者の多くは、「散文は学べるけれども、詩は神から与えられた啓示のような高級なもの。詩を書くには才能がいる」と反論したくなるだろう。
ところがゲーテの言葉を借りると、詩の方が散文より簡単だとなる。「意味がなくても、思いつきで言葉を並べていけば、読む人が勝手にそこに意味を見つけてくれる」とゲーテは言う。

確かに、サザンオールスターズの桑田佳祐や井上陽水の歌詞などは、論理的にあり得ないつながりになっていても、リスナーは勝手に脳の中で違う連想をもう一個つなげてしまう。連想が飛んでいて深読みする方が、聞く側も面白いのである。
「お富さん」という歌にしても、原型は歌舞伎にあるのだが、それを知らなかった子ども時代の私にとっては、「死んだはずだよお富さん」と「ゲンヤダナ〈源氏店〈玄冶店〉」のつながりが、あまりに唐突なところがインパクトになった。

また、民謡の「佐渡おけさ」などは、言語学者ソシュールがいうところのシニフィアン的な面白さである。「シニフィアン」というのは言語記号で表された音のこと、「シニフィエ」というのは意味される内容のことだ。〝おけさ〟にしても、同じく民謡「ソーラン節」の〝ヤーレンソーランソーランソーラン〟の掛け声にしても、もはや何を指しているのかわからなくなっている。専門書や研究書を見ても、「〝おけさ〟は意味が不明である」と書かれているくらいだ。

つまり〝おけさ〟には、シニフィアンはあるのにシニフィエはないのである。民謡やマザーグースなどにも、意味はなくても音の面白さで楽しむものが多くある。これは「シニフィアンの戯《たわむ》れ」で、その音の戯れに、読む側、聞く側が勝手に人生の真理を読み取ってしまうところがあるのだ。

ところが、連想を飛躍させるこうした能力は、大人になるにつれ、かなり萎縮《いしゅく》してしまっていたりする。とりわけ男性は、「自由な連想で何か言ってください」と頼んでも、手も足も出ないという人が少なくない。五十代、六十代ともなればなおさらだ。しかし女性の場合は、その年代でも、連想する脳がまだ機能する。

たとえば、二人の男女が腰掛けている絵を見せて、「この絵を見て、男女の会話を作ってください」と言ったとする。女性は、「だから、あのときあなたに言ったじゃないの」「でも君は許してくれたじゃないか」などと、どんどん連想を広げていける人がほとんどだ。ところが男性は、「僕はこういう状況になったことがないのでわかりません」と連想そのものができなかったり、「僕はこの絵の男ほど若くないですし」などと見当違いの言い訳をしたりする。

脳のストッパーを外す

しかしながら、思考をジャンプさせる力は、元来誰でも持っているものである。

私が見る限り、小学生や幼稚園児、子どもたちは連想が好きで、連想で遊ぶことがうまい。子どもがよくやるしりとりも、言葉の連想の一つだ。また、ダジャレも子どもは大好きだが、音の連想で楽しむものだ。

私は子どもたちに、一文ずつ回し書きをさせる遊びをやらせることがある。四人ぐらいのグループをつくり、最初の子が「彼女は彼のことを好きだと言った」と一文書いたら、隣の人に回す。隣の人はそれを受けて一文書く。そうやって順番に、時間にして十分ぐらい回していくと、不思議とあちこちに跳躍しつつ、つながっている物語ができあがる。できあがったものを読み上げると、たいていは大笑いが起きる。

なぜなら、それは一種、詩的な飛躍がある散文になっているからだ。何人かの想像力が入り交じり、物語が開けていくのである。詩として優れたものに仕上げることとは別問題だが、これは、普段の使い方とは違う脳の使い方である。そういう練習を始めると、いかに自分の脳に蓋《ふた》をしてきてしまっていたかがよくわかる。

たとえば、論文を書くという作業を考えてみよう。ビジネスのレポートや企画書でもいい。レポートや企画書は緻密に書かなくてはいけないものだが、そればかりを意識していると、結局はアイディア不足で使いものにならない場合がある。きちんと理論が積み上げられていても、はっきり言って面白くないというようなものになってしまう。

筋肉には、縮める運動ばかりではなく、伸ばす運動も必要だ。それは脳も同じである。連想をする訓練は、脳を柔軟にしておくのに役に立つ。第一、そうやって脳みそを解放すること自体が楽しいものだ。

29　過去に執着しない

> 概して私は、作りあげてしまった作品には、かなり冷淡な方だった。いつまでもそれに執着しないで、すぐに、新しい作品のプランを練った。

すぐに次のプランを考える

自分の仕事などをあれこれ非難する人たちの言うことをまともに聞いていると、ストレスになる。だが、自分自身がその仕事に対して冷淡になってしまえば、何を言われてもそれほど応えないものだ。執着しないことは、自分を攻撃する人々から逃れるコツである。

ゲーテも、たとえば『ヴェルテル』を書いて三年後に、「あの作品にはあんな欠点がある。こんな欠点もある」と言われたところで、もはや「何を言ってるのかな?

もうそこに私はいないよ」「すごい昔のことを言ってるね」という気持ちだという。すると、腹の立ちようがないというわけだ。

「私も人間である以上、人間としての欠点や弱点も持っているから、書いたものにもそれが現われざるをえない。しかし、私は自己の形成に真剣だったし、たえず自己の改良をめざして働いてきたおかげで、着実な進歩をとげてきた。私がとっくに清算している何らかの欠点を見つけては、よく私を非難したものだ。こういうお人よしの連中は、一番、無害な敵といえよう。何哩《り》も先を行く私のうしろから、矢を射かけてきたのだからね」

これは、「常に次を考える創造性が大事だ」とも読めるが、この文脈で言うと、ビルドゥングを意識しての発言だと思われる。

ビルドゥングは、自己形成や大人になることを意味する。日本では、主人公がさまざまな影響を受けて成長していく物語をビルドゥングスロマンと言い、教養小説と訳すことが多い。ゲーテの『ヴィルヘルム・マイスターの修業時代』やロマン・ローランの『ジャン・クリストフ』などがその代表である。

ゲーテは自己形成に真剣だったから、一作ごとにビルドゥングの認識を強く持ち、前の作品に気持ちを残さなかったのだろう。次から次へとプランを練っていった。

私も、やってしまった仕事に対しては、冷淡だ。もし嫌なものが目につくと、次の仕事のやる気がなくなる。自分自身で過去にかかずらわないというのは、エネルギーの出し方としては合理的だと思う。

昔取った杵柄《きねづか》は捨てる

そもそも、自分自身がやった仕事に対してずっと執着していると発展が妨げられる。たとえ成功体験だとしても、執着し過ぎると自分自身でそれに足を取られることがあるものだ。

ビジネスにおいては、前にも述べたが、勝っているときにはやり方を変えない方がいいのが原則だ。しかし、二十年前に成功したやり方があったとして、今はそれが通用しなくなっているとする。とっくに負けているにもかかわらず昔のやり方に固執していると、そのままずるずる負けていくだけである。

これは恋愛にも言えることだ。宇野千代は、好きになったら切り替えが早い。別れたときの立ち直りも早い。誰に非難されようが、本人はけろりとしたものだ。なぜなら、執着せずスピーディに気持ちが変わるので、周囲から批判されても、もはやその矢ははるかうしろ。届かないのである。

失恋は、観念から言えば、もうつくり上げてしまった作品、それ以上進まない作品である。振られて、とっくに終わっているのに、ずっとそこにかかずらわっていたらストーカーだ。恋も一つの作品として見て、終わったら冷淡になることだ。終わってしまったら新しい作品、すなわち新しい恋のプランを練れば、執着しないでいられるはずだ。

人生を重層的に生きる

とはいえ、ゲーテの中にもある種の区別があったようだ。過去の作品には冷淡だと言うものの、『ファウスト』だけは五十〜六十年間ぐらい温めていて、それを直し続けた。おそらくゲーテの中では、『ファウスト』はいつまでも未完のものなのかもしれない。

宮沢賢治も、童話は一気に書いているが、『銀河鉄道の夜』についてはしばしば書き直しを行っている。物事は、できあがるとすぐさま突き放してしまうべきものと、何年も温めていくものの二つがありそうだ。

これは「執着しない」というテーマとやや軸がずれるかもしれないが、自分の中でかかずり合う対象を、あらかじめ短期・中期・長期に分けておくということである。漬け物で言うと、浅漬けと梅干しのような「何年もの」みたいな違いだ。つくって数カ月というものと、十年・二十年という単位のものをいっぺんに並行して仕込んでおく。それが人生を重層的に生きるコツだ。

梅酒を毎年つくっている人から何十年ものを飲ませてもらったことがあるが、何年ものという考え方は、すごくリッチな感じがする。梅酒で言えば、やはり去年つくったばかりのものと、何十年ものというものでは、味が違う。しかし、毎年少し味わってはまた戻しておくような古いものだけでなく、新しいものの味わいもまたいいものだ。人生というのは一本の時間軸でできているのではなく、何本かの線路が交差しながら流れているのである。

いくつもの時間軸があると、常に違いが楽しめる。生きている時間が贅沢である。

30　青春のあやまちを老年に持ち込むな

人は、青春のあやまちを老年に持ちこんではならない。老年には老年自身の欠点があるのだから。

「あやまちを持ち込むな」の意味

青春期には、ある物事に夢中になり、周りの忠告など聞かずに、突っ走ってしまうことがある。そういう情熱、エネルギーに任せた失敗がしばしば起こる。

この言葉は、二つのとらえ方ができると思う。一つは、青春時代は情熱にとらえられて突っ走ることがしばしばあるが、そのあやまちを老人になって繰り返さないためには、青春期には青春期らしいあやまちを十分にしておけ、ということだ。

もう一つは、若い時期、若くなくてもある時期に起こしたあやまちの悔恨《かいこん》を、いつまでも引きずるなということだ。ぐずぐず悔やんでいては、それだけで老年期までが埋まってしまう。あやまちはあやまちとして、一つ一つ区切りをつけていくことが大事である。

『若きヴェルテルの悩み』の波紋

ゲーテの『ヴェルテル』は、激情に駆られた青年の話だ。親友の許嫁《いいなずけ》をひたむきに愛し破滅するヴェルテルの登場は、実は文学史上ちょっとした事件だった。ヨーロッパ中でヴェルテルをまねて自殺する青年が多数出たのである。文学が現実に影響を及ぼしてしまったことといい、ちょっとあり得ないほどの大ベストセラーだったのだ。

そのことについては、面白い記述がある。

「『ヴェルテル』が出ると、早速イタリア語の翻訳がミラノで出たよ。ところが、じきに初版全部が一冊残らず売り切れてしまった。司教が手を廻して、教区にいる聖職者たちに全数を買占めさせたというわけさ。私は腹も立たなかったね、それどころか、

『ヴェルテル』がカトリックにとって悪書であるといち早く見抜くような具眼《ぐがん》の士のいることを知って嬉しくなり、即座に、もっとも有効な手段をとって、それを極秘裏にこの世から抹殺した点に、感服せざるをえなかったよ」

この箇所はあまりにもおかしくて、笑った。「『ヴェルテル』がカトリックにとって悪書であるといち早く見抜くような具眼の士のいることを知って嬉しくなり」などというのは、なかなか言えない感想ではないだろうか。ちなみに、ナポレオンがエジプト遠征をしたときに携えていった書物の中に『ヴェルテル』も入っていた。それを知ったゲーテは、とても喜ばしげに語っている。

ゲーテは友人シラーらとともにシュトゥルム・ウント・ドラング、日本語では「疾《しっ》風怒濤《ぷうどとう》の時代」と呼ばれる文学運動に傾倒していた。この『ヴェルテル』の成功によって、シュトゥルム・ウント・ドラングは活況を極める。『ヴェルテル』が国境を越えて通用する作品になったことで、いわば「世界文学」という意識を生み出した。ゲーテ自身も『ヴェルテル』によって初めて「世界文学」という概念を理念化できた。

「誰でも生涯に一度は『ヴェルテル』がまるで自分ひとりのために書かれたように思われる時期を持てないとしたらみじめなことだろう」とゲーテは言っている。

若い時期に、ヴェルテル的な時代を過ごすことはすばらしい。情熱を傾ける対象が恋やギャンブルであっても、若いころなら世間も許してくれる。エネルギーがあふれているので、自分自身であやまちをフォローすることもできる。だが、老年になってそれらに溺れると、たいへんなことになる。

人生のステージごとにやるべき仕事

それでなくても、青年時代、中年時代にはなかった欠点が老年には出てきてしまうものだ。ひがみっぽくなったり、頑固になるのは老人ならしかたないことかもしれないが、その上、激情に任せて突っ走ってしまうようでは、手がつけられない人間としか言いようがない。

そうならないために、その時期ごとの課題というのを一生懸命生きてみよ、というのがゲーテの考え方である。これと似たようなことを、エリック・H・エリクソンがライフサイクル論の中で言っている。エリクソンは、人格形成の発達を八段階でとらえるという人間学を唱えた人だ。

『ライフサイクル、その完結』によれば、幼児期には幼児期の課題が、青年期には青年期の課題がある。それらを解決せずに、あるいはまったく考えずに通過すると、のちにその問題が襲いかかってくるというのである。

たとえば、幼児期には自己中心の克服という課題があるし、やはり遊ぶのに適した時代なのである。子供時代に遊びの中でいろいろな課題を解決し、遊び切らないと次のステージにいい形で行けない。子どもに仕事をさせても、課題克服にはならないのだ。

また、思春期の課題は、恋に落ちたり、自分の人生を考えるということである。ある年齢に達したら、子どもを産んで育てることが大事だし、老年期に入ると、長老的な役割を担うべきであるというのがエリクソンの主張だ。つまり、人生の年代ごと、人生のステージごとにやるべき仕事があるというわけである。

実は、古代インドにも《四住期》といって、学生期（学ぶ時期）、家住期（家に住む時期）、林住期（林に一人で住む時期）、遊行期（遊行をする時期）と、人生のステージを分けるという思想があるのが面白い。

大人になり切れないことの弊害

ゲーテも、青春期にはヴェルテルのような生き方をすることを奨励しているが、一生そうしろと言っているわけではない。しかし、ヴェルテルのような時期がないと、かえって大人になり切れないのだ。

いわゆるビートルズ世代と言われる五十五～六十歳前後は、若者文化の世代である。〝若い〟ということが時代のキーワードであった。だからなのか、その時代に若者だった人たちは、それから三十年経った今でも意識は若者なのである。自分の中年や老年を受け入れにくいようなのだ。

内田裕也ぐらいの極端さがあれば面白いとも言えるが、普通は中途半端だ。大人になり切れなかったから、青春の価値観をそのまま引きずっているところがある。だから、子どもに苦言を呈《てい》して何かを教える、あるいは厳しくしつけるということをあまりしてこなかった。

作家の佐藤愛子も、あるインタビューで、最近の六十歳ぐらいの人々が枯れるということをせず、いつまでも生々しい自分でいることを苦々しく思う、と言っていた。

あきらめることで、開ける道もある

また、この言葉には、悔恨の念に区切りをつけよ、という意味もある。

たとえば、どの大学に行くか、どんな仕事に就くか、誰と結婚するかなどは選択である。しくじったと思うこともあるだろう。そのときに後悔はしても、「あれは青春のあやまちだった」とどこかで見切りをつけ、次に気持ちを向けることが大切だ。

間違ったときに、「あのときこうしてしまったばっかりに、不本意な結果になった」「あのときに彼（彼女）と別れなければ、もっと幸せだったのに」などと、過ぎてしまったことについて考えてもどうなるわけでもないのだから、まったくの無駄である。

四十歳を超えても、小さいころに親に言われたことやされたことをずっと恨みに思っていて、それで頭をいっぱいにしている人もいる。そうした痛みが人格形成に悪影響を及ぼすとも言われているが、私はこの精神分析的な物言いをあまりこころよく思わない。傷ついた、傷つけられたという立場を離れ、因果関係を捨て、忘れることである。他人事《ひとごと》として整理をつけてしまわないと、次々にその負債が人生に降りかかってきて回しきれなくなる。

区切るというのは、ある種の諦念だとも言える。あきらめることで、開ける道もある。そのゲーテの合理性が、この言葉にはよく表れている。

31　年を取ったら、より多くのことをする

年をとったら、若かったときより多くのことをしなければならぬ。人間が最後には自分自身の抄録の編纂《へんさん》者になってしまうとは悲しいことだ。そこまでゆくだけでも幸運というものだが。

自分自身を常に更新する

「年を取ったら、若かったときより多くのことをしなければならない」と言われると、では何をするのかと考える。年を取って若かったときより多くのことをし続けないと、すぐにすべては過去になってしまい、編纂するしかなくなる。

若いときには、人はエネルギーに満ちあふれているので、普通に生活するだけでも満足できる。だが年を取ってエネルギーが落ちてくると、懐古的になり自分の未来を

愛せなくなる。そうならないためには、年を取ったらより多くのことをして、自分自身を更新していくことが大切だ。

人生二毛作

これは、「隠居」という考え方をポジティブにとらえることでもある。

欧米ではわりに今でも、ある程度のお金を蓄えたらさっさとビジネスから手を引き、第二の人生を楽しむという気風が生きている。ところが日本人は生涯現役、身体が動くうちは働き続けたいという気持ちが強いようだ。

しかし、かつては日本にも若隠居という考え方や制度がなかったわけではない。

伊能忠敬は養子で入った家の家業を盛んにした後、隠居した。その隠居時代に地図づくりを仕事にしたのである。新しいことに取りかかったおかげで、退屈もしないし人のためにもなった。非常に充実した隠居人生である。

また江戸時代には、商人が四十歳ぐらいで店を譲り、あとは好きなことをやるというのは普通にあったことである。今は、会社をやめるとパタッと「もうやることがない」と嘆く男性が多いのとは対照的である。当時はビジネスが人生のすべてではないという思想がもっと一般的だったのだ。

もっとも、私なども趣味の少ない口だから、仕事がなくなると何をやればいいのかと悩む。その場合は、新しい仕事に挑戦してもいいだろう。進行形の何かを持つことだ。

また、人は年を取ると「何かを始めるのはもう遅すぎる」という考え方をしがちだ。五十歳ともなればなおさらである。

しかし、考えてみれば五十歳からの人生は結構長い。「人生二毛作」は十分可能だ。あとは時間を編纂に費やすしかない人生というのは、ゲーテの言う通り、あまりに悲しい。

あとがき

壁に突き当たったとき、ふと開いた本の一行で、頭の中の霧が一瞬にして消える体験をしたことが今までに何度かあった。その最大で最高の体験を本書で追体験してみた。

多忙な生活を送り、毎日、目まぐるしく変わる環境の中で情報の取捨選択を迫られている人にとって、心に恵みをもたらせてくれるのは、上質な読書である。座右の書を持つ、それは精神に故郷を持つということだ。読者の皆さんも、ぜひ、気に入った本を座右においてほしいという意味も込めて本書を書いた。

参考までに、ゲーテ以外の私の「座右の書」をここで紹介したい。

世阿弥『風姿花伝』他、小林一茶句集、ニーチェ『ツァラトゥストラ』、吉田兼好『徒然草』、シェークスピア『マクベス』、幸田露伴『五重塔』『努力論』、勝海舟『氷川清話』、メルロ＝ポンティ『知覚の現象学』、ドストエフスキー『罪と罰』『白痴』『カラマーゾフの兄弟』、石光真人編著『ある明治人の記録―会津人柴五郎の遺書』等々。

なお、本書で紹介したゲーテの言葉をより深く味わいたい人のために、本文の囲みで紹介したゲーテの言葉の引用元を巻末に示した。

本書を制作するにあたり、光文社新書編集部の古谷俊勝さんにはたいへんお世話になった。この場を借りて感謝したい。

ゲーテの言葉　引用元

＊上巻、中巻、下巻と記したものはそれぞれ『ゲーテとの対話』（岩波文庫）、全集と記したものは『ゲーテ全集13』（潮出版社）

Ⅰ　集中する

1　小さな対象だけを扱う――上巻83ページ

2　自分を限定する――上巻197ページ

3　実際に応用したものしか残らない――上巻108ページ

4　日付を書いておく――上巻78ページ

5　完成まで胸にしまっておく――上巻90ページ

6　実際的に考える――上巻90ページ

Ⅱ　吸収する

7　最高を知る――上巻119ページ

8　独創性などない――上巻201ページ

9　独学は非難すべきもの――上巻237ページ

10　自分だけの師匠を持つ――上巻251ページ

11　「素材探し」を習慣化する――全集272ページ

12　使い尽くせない資本をつくる――上巻162ページ

Ⅲ　出合う

13　愛するものからだけ学ぶ――上巻202ページ

14　豊かなものとの距離――上巻２１３ページ
15　同時代、同業の人から学ぶ必要はない――下巻１２９ページ
16　性に合わない人ともつきあう――上巻１４３ページ
17　読書は新しい知人を得るに等しい――全集２４４、２４５ページ
18　癖を尊重せよ――全集３９４ページ

Ⅳ　持続させる

19　先立つものは金――中巻６４ページ
20　儀式の効用――上巻１５４ページ
21　当たったら続ける――下巻７４ページ
22　他人の評価を気にしない――中巻３６ページ
23　異質なものを呑み込む――全集３６０ページ
24　邪魔の効用――中巻２４４ページ

Ⅴ　燃焼する

25　現在というものに一切を賭ける――上巻９３ページ
26　計り知れないものが面白い――中巻１５４ページ
27　感情を生き生きと羽ばたかせよ――上巻２０５ページ
28　詩的に考える――上巻２８９ページ
29　過去に執着しない――上巻１３９ページ
30　青春のあやまちを老年に持ち込むな――上巻１５３ページ
31　年を取ったら、より多くのことをする――全集４０６ページ

齋藤孝（さいとうたかし）
1960年静岡県生まれ。東京大学法学部卒業。東京大学大学院教育学研究科学校教育学専攻博士課程等を経て、現在、明治大学文学部教授。専門は教育学、身体論、コミュニケーション論。文化庁文化審議会国語分科会委員。著書に、『声に出して読みたい日本語』（草思社）、『「できる人」はどこがちがうのか』（ちくま新書）、『身体感覚を取り戻す』（2001年新潮学芸賞受賞・NHKブックス）、『読書力』（岩波新書）、『会議革命』（PHP研究所）、『まずこのセリフを口に出せ!! ビジネスハンドブック』（講談社）、『偏愛マップ』（NTT出版）、『質問力』『段取り力』（以上、筑摩書房）、『齋藤孝のアイデア革命』（ダイヤモンド社）、『天才の読み方』（大和書房）など多数。

座右《ざゆう》のゲーテ　壁《かべ》に突《つ》き当《あ》たったとき開《ひら》く本《ほん》

2004年5月20日初版1刷発行
2019年4月25日　13刷発行

著　者 ── 齋藤孝
発行者 ── 田邉浩司
装　幀 ── アラン・チャン
印刷所 ── 萩原印刷
製本所 ── ナショナル製本
発行所 ── 株式会社光文社
東京都文京区音羽1-16-6(〒112-8011)
https://www.kobunsha.com/
電　話 ── 編集部03(5395)8289　書籍販売部03(5395)8116
業務部03(5395)8125
メール ── sinsyo@kobunsha.com

 ISBN 978-4-334-03250-0

117
藤巻健史の実践・金融マーケット集中講義
藤巻健史

モルガン銀行で「伝説のディーラー」と呼ばれた著者が、社会人1、2年生向けに行った集中講義。為替の基礎からデリバティブまで――世界一簡単で使える教科書。

118
生きていくためのクラシック
「世界最高のクラシック」第Ⅱ章
許光俊

クラシック評論の流れを変えた『世界最高のクラシック』から一年。「生きていてよかった」――のっぺりした人生に命を吹き込む至高の名演ガイド。

119
漆芸――日本が捨てた宝物
更谷富造

漆芸家として、そして漆芸品を修理復元する「復元家」として海外に存在する漆芸品を修復しながら暮らした著者が、日本人が捨ててしまった漆の魅力を語る。

120
マニフェスト
新しい政治の潮流
金井辰樹

マニフェストはどんな歴史と効力を持ち、日本の政治をどう変えてゆくのか、また理想のマニフェストとはどうあるべきか、永田町での豊富な取材を元に、臨場感を交えて解説する。

121
ナンバ走り
古武術の動きを実践する
矢野龍彦・金田伸夫
織田淳太郎

従来の常識とはかけ離れた「捻らず」「うねらず」「踏ん張らない」古武術の難解な動きを、実際にスポーツに取り入れて成功したコーチ陣が、豊富な写真とわかりやすい言葉で解説。

122
リンボウ先生のオペラ講談
林望

行った気に、観た気になるオペラ入門。『フィガロの結婚』、『セヴィリアの理髪師』、『愛の妙薬』、『トラヴィアータ』、『カルメン』、『トスカ』を収録。オペラはこんなに面白い。

123
不可触民と現代インド
山際素男

何千年もの間、インド人の約85％の民衆が低カースト民として奴隷扱いされてきた。今、その民衆たちが目覚め始めた――。大国・インドで何が起こっているのか。現場からの迫真の書。

光文社新書

124
ケータイ「メモ撮り」発想法
山田雅夫

一日20枚、月300枚、カメラ付きケータイで目に留まった情報をメモるように撮りまくる。膨大な〝デジメモ〟の蓄積が、コップから水が溢れるように、貴方に発想の爆発をもたらす！

125
剣豪全史
牧秀彦

各時代の奇傑として語られがちな剣豪。だが、彼らは現代人同様、組織と離れては存在し得ない一社会人であった——剣豪の歴史を紐解くと同時に、彼らの存在意義を解明していく。

126
カラー版 極上の純米酒ガイド
上原浩 監修

ホンモノの日本酒の姿を伝えて反響を呼んだ『純米酒を極める』がカラーガイド版で登場！ 全商品、プロの唎き手のコメント付き。買える店、飲める店も掲載。

127
はじめて愉しむホームシアター
山之内正

自宅に非日常の至福の時間をもたらすホームシアター。本書は、初めてホームシアターに取り組む人に向けて、基本から使いこなしまで、予算別・スペース別にわかりやすく説明する。

128
英語は「論理」
小野田博一

日本人が最も苦手とする、英語を英語たらしめる「論理の壁」。この的確な使いこなし方を、論理的思考の第一人者が解説。読めば、ネイティブにバカにされない英語力が身につく。

129
ことわざの謎
歴史に埋もれたルーツ

北村孝一

西洋から入って日本語に定着した八つの代表的なことわざのルーツと謎を解くことによって、日本語の意外な特性が見えてきた！ ふだん使っている言葉に隠されたドラマ。

130
これは、温泉ではない
温泉教授の温泉ゼミナールII

松田忠徳

レジオネラ症による死、塩素殺菌の指導強化、源泉の枯渇、骨抜きにされた温泉評価制度……、温泉を巡る様々な問題を、日々の現場取材を基に、著者独自の視点で書き下ろす。

光文社新書

131
江戸前「握り」
東京・世田谷「あら輝」のつけ場
荒木水都弘　浅妻千映子

雑誌で「今行きたい鮨店№1」に選ばれた「あら輝」。幻の名店「きよ田」の遺伝子をしっかり受け継いだ江戸前握りの極意を、臨場感たっぷりに紙上で再現する。

132
イタリア人の働き方
国民全員が社長の国
内田洋子・シルヴィオ・ピエールサンティ

人口五七〇〇万人の国で法人登録が二〇〇〇万社。「国民全員が社長」とも言えるイタリア人の起業術を紹介。世界を魅了する独創性は、いかにつくられるのか？

133
女帝推古と聖徳太子
中村修也

なぜ、推古が女帝になったのか？　なぜ、聖徳太子は天皇にならなかったのか？　理想、誤算、嫉妬、母性などをキーワードに、これまでの常識・定説を覆す全く新しい解釈を施す。

134
アメリカ以後
取り残される日本
田中宇

制限される民主主義、変質する世界経済、中国の台頭…イラク泥沼化の中で、静かにアメリカ自身が「アメリカ一極主義」以後の道を模索し始めていた。世界の見方が変わる書。

135
「知財」で稼ぐ！
特許、ブランド、著作権…価値創造ビジネスの全貌
読売新聞東京本社経済部 編

特許、商標、意匠、著作権、ブランド、ノウハウ…これら知的財産をいかに戦略的に活用していくか？　企業、大学、行政、司法の最前線の取り組みを追う。連載「知力国家」の書籍化。

136
蕎麦屋酒
ああ、「江戸前」の幸せ
古川修

蕎麦屋で飲む酒、酒とともに味わう蕎麦はなぜ美味い？　切っても切れない蕎麦と酒の関係、その愉しみ方を解説。老舗からニューウェイブ店まで「蕎麦屋酒」が愉しめる店案内付き。

137
読んで旅する
世界の名建築
五十嵐太郎

日本の関西国際空港、マレーシアのペトロナス・タワー、パリのアラブ世界研究所など、21世紀の世界を代表する建築物を気鋭の建築学者が豊富な写真を交えながら紹介する。

光文社新書

138
北朝鮮報道
情報操作を見抜く
川上和久

「事実」が「真実」となり〝世論〟となるからくりとは？ 北朝鮮に関する報道から見えてくるのは、情報操作しようとする権力者と、それに便乗するメディアの負の構造であった。

139
「格付け」市場を読む
いったい誰がトクをするのか
岩崎博充

大学や病院、地方債など、多分野に進出し始めた格付け。急成長する格付けビジネスの実態、問題点、展望は…？ 格付け会社や財務省へのインタビューを通して浮き彫りにする。

140
上手な文章を書きたい！
社会人のための文章力トレーニング
後藤禎典

「伝えたい情報や考えを、分かりやすく正確に書く」技術を、河合塾の人気講師が懇切丁寧に解説。文章が上手く書けないのは、単に学校で書き方を教わってきていないだけ。

141
江戸三〇〇藩　最後の藩主
うちの殿さまは何をした？
八幡和郎

尊皇攘夷の嵐が吹き荒れる幕末の動乱期、一国の命運を握っていた最後の殿さまたちは、なにを考え、どう行動したのか？ 江戸三〇〇藩無名の殿さままですべてを網羅。

142
大本営発表は生きている
保阪正康

太平洋戦争中、国民に向けて次々に発表された嘘の戦況報告・大本営発表。日本を解体寸前にまで追い込み、今なお日本人の心に巣喰う〝闇〟の実態に、昭和研究の第一人者が迫る！

143
技術経営の考え方
ＭＯＴと開発ベンチャーの現場から
出川通

優れた「技術」も、それが売れる「商品」にならねば意味がない。「モノ作り」日本の復活の起爆剤として期待される「技術経営（ＭＯＴ）」の方法論を、現場の視点で解説。

144
「今年も阪神優勝！」の経済学
高林喜久生

長年の虎の低迷も18年ぶりの優勝も、経済学的に見れば、必然だった!? 熱烈な虎ファンの経済学者が、「暗黒時代」「渋チン更改」「優勝の経済効果」の謎を解き明かす。

光文社新書

145 **子供の「脳」は肌にある** 山口創

「心」はどう育てたらよいのか——。どんな親でも抱く思いに、身体心理学者が最近の皮膚論を駆使して答える。子どもの「心」をつかさどる脳に最も近いのは、じつは肌であった。

146 **東京のホテル** 富田昭次

高級外資系ホテルの進出で一気に注目度を増す東京のホテル。「ホテルでどう暮らすか」から「住まうホテル」まで、豊富な取材からホテルでの全く新しい時と場所の使い方を知る。

147 **絵を描く悦び** 千住博の美術の授業 千住博

一番大事なのは「何を描かないか」——世界で評価が高まり続ける日本画家である著者初めての書下ろし。美術のみならず芸術を志すすべての人のための芸術原論。

148 **哈日族《ハーリーズー》** なぜ日本が好きなのか 酒井亨

お手本は日本のドラマ？ アイドルおっかけから流行ファッションの模倣まで、アジアで広がる「日本大好き族」。哈日族現象発祥の地から読む、台湾・日本・アジアの行方。

149 **墜ちない飛行機** 安全なエアライン、機種を選ぶ 杉浦一機

もし今のペースで航空輸送量が伸び続け、七〇年以降横ばいが続く事故率が下がらなければ二〇一〇年には一週間に一件重大事故が起きる？ ヒヤリ事故から危険性を見抜く！

150 **座右のゲーテ** 壁に突き当たったとき開く本 齋藤孝

「小さな対象だけを扱う」「日付を書いておく」「論理的思考を封印する」——本書では、ゲーテの〝ことば〟をヒントにして、知的で豊かな生活を送るための具体的な技法を学ぶ。

151 **「平和」の歴史** 人類はどう築き、どう壊してきたか 吹浦忠正

有史以来、世界で戦争がなかった年はわずか十数年といわれる。なぜ人類は平和を維持することができないのか——本書は、「平和」を軸に歴史を考察する初めての試みである。